一夜限りのはずが、怜悧なホテル御曹司が甘く淫らに外堀を埋めてきます

★

JN213398

ルネッタブックス

CONTENTS

Lunetta

第一章　最初で最後の夜を

「二人の初めての共同作業を祝して、乾杯しよう」

神山湊人《かみやまみなと》がいたずらっぽい表情で言って、リラックススイートのワインセラーからシャンパンボトルを抜き取った。

〝二人の初めての共同作業〟だなんて、結婚式を思わせるような言葉だ。

（でも、私は好きな人と結婚どころか、付き合うことすら無理だわ……）

湧き上がってくる切なく寂しい気持ち。それを押し隠して、若木彩音《わかぎあやね》は腰に手を当て、咎《とが》めるような表情を作る。

「勝手に取ったらダメじゃないですか」

けれど、湊人は気にする様子もなく、ニヤリと笑った。

「俺を誰だと思ってるんだ？」

湊人はボトルの栓を覆っている金のシールをはがした。慣れた手つきで布巾を被《かぶ》せて、高級そうなボトルをゆっくり回し、コルク栓を抜く。

「世界有数のホテル・グループ、スプリーム・ホテルズの副社長だと思ってますけど？」

呆《あき》れ交じりの彩音の返事を聞いて、湊人は笑みを大きくした。

「ご名答。我がホテル初、素材と技術にこだわる若木家具工芸とコラボしたリラックススイートが完成したんだ。副社長権限でシャンパンなんか何本だって開けてやる」

湊人は言いながら、二つのグラスにシャンパンを注いだ。

スプリーム・ホテルズの御曹司である彼は、彩音の二歳年上、現在三十一歳。すらりとした長身で、サラサラの髪は少し長めの濃い茶色。くっきりした二重の目ときれいな鼻筋、形のいい唇をした甘い顔立ちのイケメンである。

普段から上質なものを身に着けているが、今日はスタイリッシュな黒のスーツとサックスブルーのシャツ、ネイビー系のネクタイだ。落ち着いた色合いは、普通ならかっちりした印象を与えるのに、湊人の場合はどことなく色気を感じさせる。

肩書きも外見も能力もパーフェクト。そんな彼のそばに女性の影が絶えないのも、当然だ。有名な雑誌モデル、人気コメンテーター、新進気鋭の起業家、売り出し中の受賞作家、凄腕《すごうで》若手医師……。

スプリーム・ホテルズの常客として知られる著名な女性の面々を思い出す。そんなセレブな女性たちと浮名を流す彼に、そもそも自分なんかが相手にされるわけがない。

「彩音さん？」

物思いにふける彩音の前に、湊人がグラスを差し出した。

対等な関係で仕事をしたいから、と湊人は彩音を名前で呼ぶ。そのたびに彩音の胸が切なく締めつけられるのを、彼は知っているのだろうか。

彼に「君も名前で呼んでくれ」と言われたが、自分の立場はわきまえている。彼への気持ちを抑えるためにも、丁重にお断りした。

本当は名前で呼んでみたかったけれど。

「どうしたんだ？」

湊人に顔を覗《のぞ》き込まれて、ぎこちなく笑みを浮かべる。

「すみません、感無量でぼんやりしちゃいました」

彩音は手を伸ばしてグラスを受け取ろうとした。けれど、指先が湊人の手に触れてしまい、ドキンと心臓が跳ねたのを悟られないよう、視線を室内に向ける。

つられたように湊人も部屋を見回した。

「こんな理想の部屋にリニューアルできたのは、若木家具工芸の敏腕インテリアコーディネーターの彩音さんと、社長であり一流職人でもある君のお父上、それに会社のみんなのおかげだ。改めて礼を言うよ。本当にありがとう」

「こちらこそ、弊社にお任せいただき、光栄でした。ありがとうございました」

広いリビング・ダイニングは、一面が大きな窓になっている。壁紙は柔らかなアイボリー。落ち着いたダークブラウンで高級感がありながらも、木の柔らかな優しさが感じられる一点もののダイニングテーブルとチェア、壁際のローチェスト、ソファとローテーブル、それにベッドルームのキングサイズのベッド。すべて若木家具工芸のオリジナル製品で、心からくつろげる空間を目指した。

湊人がグラスを持ち上げた。

「若木チーフのこれからの活躍を祈って」

「神山副社長のこれからの活躍を祈って」

彩音も同じように答えて、彼のグラスに自分のグラスを軽く合わせた。

淡い金色の泡が美しくきらめくグラスに口をつける。洋ナシを思わせる甘く豊かな果実味が口の中で弾けた。

「わ、おいしい」

「遠慮せずに飲んでくれ。開けてしまったからな」

湊人がボトルを持ち上げ、彩音は苦笑をこぼす。

「フルボトルを開けるなんて、後先考えなさすぎじゃないですか？」

「大丈夫だ」

湊人はバーカウンターに近づくと、シャンパンクーラーを用意してボトルを差し込んだ。

「実は前もってルームサービスを頼んでいたんだ」

彼の言葉どおり、ほどなくしてドアがノックされた。湊人がドアを開けると、レストランのスタッフがワゴンを押して入ってきた。スタッフはテーブルにクロスを広げて、カナッペやスティック野菜、ドライフルーツなどの皿を並べていく。

「これならゆっくり楽しめるだろ？」

スタッフが退室すると、湊人がニッと笑った。

さすが仕事に抜かりはない敏腕副社長だ。こんなところも用意周到だ。

（どのみち今日は直帰の予定だったたし、こうなったらおいしいシャンパンを楽しませてもらおう）

彼と飲むのは、きっとこれが最後になるだろうから。

彩音は窓に近づいた。十月下旬の午後七時はすでに暗く、窓の外には林立する高層オフィスビルやホテルの明かりがきらびやかに見える。鉄道と新幹線の駅があり、交通量も多いのに、三十階のこの部屋は外の喧騒《けんそう》とは無縁だ。

こんなところで極上のシャンパンを傾けるなんて、このうえなく贅沢《ぜいたく》な時間だ。

（おまけに好きな人と一緒だなんて）

彩音がグラスを空けたとき、湊人が低い声でつぶやいた。

「静かだな」

「はい」

「ここが都会のど真ん中とは思えない」

彩音はグラスをテーブルに置いて、カーテンを大きく開けた。

「そうですね。でも、窓の外にこれだけきれいな夜景が見えるのは、都会ならではでしょうけど」

窓ガラスに室内の明かりが反射していて、マロンブラウンのセミロングヘアをした自分の顔がぼんやりと映っている。視線を横に動かすと、窓に映る湊人が彼と彩音のグラスにおかわりを注いでいるのが見えた。

お祝いのシャンパンであると同時に、お別れのシャンパンでもある。

(副社長と出会ってから、もう五カ月近く経《た》ったんだ。あっという間だったな)

今年の六月上旬にアジアの某国で出会ったとき、「いつか一緒に仕事をしよう」と約束した。

その約束を果たした今、もう彼と会うことはなくなるだろう。

社長令嬢でチーフとはいえ、職人を含めて従業員二十八名の小さな企業で働く彩音と、国内外の主要都市にラグジュアリーホテルを展開するホテル・グループの副社長である湊人。

「都会にありながら、上質でどこよりもくつろげる空間を作りたい」という彼の希望に、彩音は全力で応えた。

湊人のように本物の上質を知る人たちが、くつろぎを得られる空間。

話し合いを重ね、デザインをいくつも提案して、父やほかの職人が製作した最高品質の家具を取り入れた。そうして完成した、彩音の全力と若木家具工芸の技術の粋が詰まった部屋が、このホテル限定で五室。

こんな大きな仕事を任せてもらえた喜びも、彼との縁も……悲しいけれど、今日でおしまいだ。

首を小さく横に振って、足元から天井まである窓ガラスに軽く額《ひたい》をつけた。

「どうした？」

湊人が歩いてくる気配がして、横を向いたら彼と目が合った。気持ちを悟られないよう、急いで口を動かす。

「夜景を見てただけです」

「明かりを消したほうがよく見えるだろう」

湊人が窓から離れたかと思うと、照明が落ちた。部屋が暗くなり、自分が空中に浮いているかのような錯覚を覚える。

目の前の紺碧《こんぺき》の空、足元のまばゆいばかりの明かり。

「あっ」

目がくらみそうで一歩下がったとき、背中がトンッと湊人の広い胸にぶつかった。

「おっと」

「あ、ご、ごめんなさい」

あわてる彩音の両肩を、背後から湊人がそっと支える。

「どうした？」

「一瞬、宙に浮いてるみたいに感じて驚いて」

「高所恐怖症だったっけ？」

「そんなことはないんですけど」

そう答えつつも、声が震えた。怖いからではなく、背中に湊人の硬い胸板を感じるせいだ。

「えっと、もう大丈夫です」

平静を装ってそう言ったとき、湊人の右手が彩音の左頬《ほお》に触れた。そのまま頬を撫《な》で下《お》ろして顎をつまみ、彼のほうを向かせる。

「副社長？」

目の前に濃い茶色の瞳があって、鼓動が跳ねた。

グラスを受け取ろうとして手が触れたときの距離感とはぜんぜん違う。

「あの？」

無言で彩音を見つめる彼の瞳が、熱っぽく揺らぐ。

湊人が顔を傾けてそっと近づけてきた。わずかに開いた形のいい唇に目が吸い寄せられる。

左肩を抱かれ、顎をつままれ、唇を寄せられて、苦しいくらいに鼓動が高くなる。

(これって……)

彩音は反射的に顔を伏せた。

彼がなにを求めているのかはわかる。恋愛経験はゼロに等しいけれど。

大学生のときに付き合った初カレとは、キスだけして別れた。

その原因となったのは――。

彩音は左手でそっと太ももに触れた。パンツスーツの生地の上からならわからないけれど、大きな醜い傷跡がある。子どもの頃、兄の真似《まね》をして木に登り、足を滑らせて落ちたときに、運悪く割れた植木鉢で大きく切ってしまったのだ。

初カレはいざ体を重ねようとしたとき、心底がっかりした声で『え、さすがにこれは萎えるわー』と言った。そして背を向け、そのまま服を着て彩音の部屋を出て行った。

それまでさんざん、『すごくきれいだね』『君みたいな美人と付き合ってること、世界中に自慢したいよ』とささやいてくれていたのに、彼とはそれきりになった。

傷跡がある、と思い切って打ち明けた結果がそれだ。

(あんなつらくてみじめな思い、もうしたくない)

彩音は無理やり笑みを作って、右手を湊人の胸に当てた。

「副社長、もう酔ったんですか?」

そのまま彼を押しやろうとするのに、彼のたくましい体はピクリとも動かない。

「君の魅力にずっと酔ってるんだ」

耳元でささやかれて理性がとろけそうになるのを、眉根をぎゅっと寄せて耐える。

「いつもこんなふうに女性を口説くんですか?」

湊人は心外だ、と言いたげな表情になった。

「まさか。君のせいで、ずっと恋人ができない」

(ずっと私と一緒に仕事をしてたから、恋人を作る暇がなかったってこと？　その埋め合わせに私を抱こうとしてるの？)

それこそ心外だ、と思ったが、湊人に顎を持ち上げられ、まっすぐに目を覗き込まれて、言葉に詰まった。

「俺たちが一緒に過ごした時間は、この距離を埋めるのにじゅうぶんだと思わないか？」

じっと彩音の目を見つめる湊人の瞳は、薄暗い窓辺でもはっきりわかるほど、熱情を宿していた。

「彩音」

初めて呼び捨てにされた。それも、仕事中とは違う、甘さを孕《はら》んだ声で。

「副しゃ……」

ちょう、と続けようとしたとき、湊人が額を彩音の額にコツンと当てた。

「ずっと、もっと君に近づきたかった。君が欲しい」

ささやくように言われて、胸が切なく締めつけられる。

(私が彼のそばにいられたのは、こうして一緒に仕事をしたから)

その仕事も今日で終わり。彼に会えるのは、今日が最後。

たとえ埋め合わせなのだとしても、彼と噂《うわさ》になったほかの女性たちのように短い関係で終わるのだとしても、彼が欲しい。

焦燥感に押されて、彩音は伏せていた目をそっと上げた。欲望をたたえた彼の瞳に、自分の顔が映っている。

彩音は室内に目を走らせた。

夜景がきれいに見えるようにと湊人が明かりを消したため、室内は暗い。

（窓際から離れたら……傷跡は見えないかも……）

「彩音は？」

甘くとろけそうな声で好きな人に求められて、拒めるはずがない。

なにより、拒みたくない。

（永遠には手に入らないとしても、今夜だけでも）

その気持ちのまま、彩音は視線を戻す。目が合った湊人が問いかけるように首を傾け、彩音はイエスの意味を込めてそっと目を閉じた。その唇に、彼の温かな唇が柔らかく触れる。

それで火がついたかのように、湊人が彩音をぐっと引き寄せた。

たくましい両腕の中に閉じ込められ、彼の舌が彩音の唇をなぞった。驚いて唇を引き結ぶと、湊人は彩音の唇を何度もついばむ。

「ん……っ」

息苦しさを覚えて唇を開いたら、彼の舌がするりと滑り込んできた。

「……あ」

彩音は驚いて背をそらした。けれど、その腰に湊人が片腕を回し、さらに逆の手で彩音の後頭部を支える。

身動きできないでいる間に、舌を絡められ、吸い上げられて、頭がじんと痺《しび》れた。

「ふ……」

吐息のような声をこぼして、湊人のスーツの背中をギュッと握りしめる。

「彩音」

浮かされたような声で湊人が呼び、キスがさらに熱を帯びていく。貪るようなキスに、本当にこのまま彼に食べられてしまいたい、と思った。

「……っ……」

ぎこちないながらも一生懸命キスに応えているうちに、体が熱くなって頭がぼうっとしてきた。

やがて湊人が唇を離し、彩音はとろりとした目で彼を見る。

「ベッドに行こうか」

湊人が微笑《ほほえ》んで腰をかがめ、彩音の膝裏をすくい上げるようにして横向きに抱き上げた。

「あっ」

突然の浮遊感に彩音がびっくりして声を上げると、湊人はクスリと小さく笑った。

「怖いなら、俺にしがみついたらいい」

「そ、ういうわけじゃ」

「俺はしがみついてほしいな」

笑みを含んだ声で甘えるように言われて、彩音は頬を赤くしながら彼の肩に手をのせた。

「そんなんじゃ落としてしまうかもしれないぞ」

湊人がいたずらっぽく笑って体を揺らした。

「きゃあっ」

彩音はあわてて彼の首にギュッとしがみついた。湊人が楽しげに声を上げる。

「冗談だ、俺が彩音を落とすわけないだろ」

彩音は小さく頬を膨らませた。

「こんな意地悪を言う人だなんて知りませんでした」

「それなら、彩音の知らない俺を、今日はたっぷり教えてあげよう」

湊人がリビング・ダイニングと隣り合うベッドルームのドアを開けた。広いベッドにそっと彩音を下ろし、そのまま彼女に覆いかぶさるようにしながら、片手をベッドサイドランプに伸ばす。

「あっ」

湊人が明かりをつけようとしているのに気づいて、彩音はとっさに彼の腕を掴《つか》んだ。

「ダメ！　つけないでっ」

「えっ？」

湊人が怪訝《けげん》そうな声を出して動きを止めた。彩音は言い訳を探して、つかえながら声を発する。

「あ、あのっ、こ、この部屋も夜景がきれいだから……夜景を見ながらが……いい、です」

「ふぅん、仕事をするときと同じく大胆なんだな」

湊人の声にからかいが混じり、彩音は眉を寄せる。

「え？」

「外から見られてもいいってことなんだろ？」

湊人がベッドサイドテーブルのリモコンを操作した。低い電子音とともに遮光カーテンとレースのカーテンが割れて、まばゆい夜景が広がっていく。

「あっ、ちがっ、そうじゃなくて！　は、恥ずかしいから、やっぱりダメですっ！」

「俺は彩音を見たいんだけど」

「で、でも……」

彼に見られたくない本当の理由が言えず、彩音はそっと下唇を噛《か》んで目を伏せた。

「俺の前で恥ずかしがる必要なんてないのに」

湊人はクスリと笑って彩音の額にキスを落とした。彼がリモコンのボタンを押し、レースのカーテンがゆっくりと閉まって、互いの輪郭がほんのりとわかるだけの薄闇になった。

彩音は小さく息を吐く。

「ありがとうございます」

直後、湊人が彩音の耳たぶにキスをした。

「ひゃっ」

突然の刺激に、思ったよりも大きな声が出た。そんな彼女の耳元に唇を触れさせたまま、湊人が甘さを含んだ声で言う。

「視覚が利かないと、ほかの感覚が敏感になるって言うよ」

ついばむように首筋に繰り返しキスが落とされた。彼の言うとおり、かすかに唇が触れるだけなのに、背筋にゾクゾクとした刺激が走る。

「あ、ま、待って」

彩音は湊人の袖を掴んだ。

「待てない」

湊人は彩音の唇にキスをして、彼女のジャケットのボタンに手をかけた。

「あ」

ジャケットに続いてブラウスのボタンが外されたかと思うと、手早く脱がされた。上半身キャミソールとブラジャーだけになって、心許《こころもと》ない。見えていないとわかっているのに、つい両手で前を隠した。

「んっ」

再び湊人が唇を重ね、唇を割って舌を差し込んだ。舌で口内を撫《な》でまわしながら、そっと彩音の両手首を掴む。その手をシーツに押しつけながら、顎から首筋へ、鎖骨へとキスを落としていく。

淡い刺激に彩音が甘い吐息をこぼしたとき、大きな手が胸の膨らみを包み込んだ。薄い布地の上から指が沈み込む。やわやわと揉《も》みしだかれて、そこからくすぐったいようなむずがゆいような感覚が広がっていく。

「ひゃんっ」

先端を指先でつままれ、思わず腰が跳ねた。

「かわいい声だ」

肩に唇を触れさせたまま、湊人がつぶやいた。彩音の腰を少し浮かせて背中のホックを外し、キャミソールと一緒にブラジャーをはぎ取る。両手で丸みを包み込み、探るように膨らみに舌を這《は》わせた。

温かく濡《ぬ》れたものが肌に触れ、丸みをなぞり上げて先端を口に含む。

「あっ」

甘く歯を立てられ、その刺激にそこが芯を持ったのがわかる。硬くなったそれを舌先で転がされ、潰される。いじられているのは胸なのに、お腹《なか》の奥にもどかしさのようなものを覚えた。

その感覚に戸惑っているうちに、逆の胸を握りこまれて、指先で先端をつままれた。

「あぁんっ！」

思わず大きな声が出て、彩音は恥ずかしさから両手を口に押し当てた。両胸を寄せられ、先端を指と舌で嬲《なぶ》られて、あられもない声が出そうになるのを必死でこらえる。

「……ふ……う」

そうして耐えているのに気づいてくれたのか、湊人が体を起こしたので、彩音はホッと息を吐いた。

けれど、彼は攻めをやめたわけではなかった。

湊人は彩音のパンツのボタンを外してファスナーをくつろげ、ショーツと一緒に脱がせてしまったのだ。

「あっ」

彩音の膝を割るようにして湊人が体を入れ、彩音の左足を持ち上げた。そうして爪先からくるぶし、ふくらはぎから膝へと口づけていく。

彼の唇が傷跡に近づき、彩音の体に力が入った。

「彩音？」

湊人は太ももに舌を這わせたまま、問いかけるように呼んだ。

「ん……なんでも、ない、です」

返事をしながらも、傷跡に気づかないで、と心の中で祈る。けれど、舌先で肌をなぞられて、ゾクゾクとした刺激に、今にも思考が奪われそうになる。

「あ……やっ……待っ……」

太ももから離れてほしいのに、湊人はチュ、チュ、と音を立てながら肌にキスを落としはじめた。気持ちとは裏腹に、その淡い刺激が心地よくて甘い声がこぼれる。

「今まで我慢してた分、彩音を味わわせて」

敏感になった肌に湊人の熱い息がふわりとかかり、体の中心が熱く疼《うず》きを訴える。

「が、我慢……？」

彩音はあえぎながらも声を発した。

「ああ。どれだけキスしても、し足りないんだ」

湊人が太ももに吸いつき、彩音の腰がビクンと震えた。

「あぁんっ」

彼はキスを繰り返しながら、指先で足の付け根に触れ、そのまま花弁をゆっくりと割った。

彩音は思わず息をのむ。

「っ」

体の中から熱いものがとろりとこぼれ、それをまとわせながら彼の指先が割れ目をぬるりとなぞった。

「こんなに感じてくれてるんだ」

甘く笑みのこもった声で言われて、彩音は恥ずかしさのあまり顔が熱くなる。

「そ、んなこと……言わないで」

「ああ、ダメだ。『恥ずかしがる必要なんてない』って言ったけど、恥ずかしそうにしてる彩音がかわいすぎて、どうにかなりそうだ」

「えっ？」

「もっと乱れて。俺の知らない彩音を見せて」

言うやいなや、湊人は彩音の両膝を立てて、その間に顔を埋めた。

「ふ、副社長っ⁉」

驚いて声を上げたら、湊人はさっき指で触れていたところに口づけて、不満げな声で言う。

「湊人だ」

「あっ」

彼の息がかかって、腰の辺りがぞわぞわとする。

「名前で呼んでくれるのを、ずっと待ってたんだぞ」

「ずっと……って？」

「出会ったときからずっとだ」

えっと思った直後、ジュッと音を立てて蜜を吸い上げられた。

「ひあぁっ」

あまりの刺激に腰が跳ねた。お腹の奥がじんじんと疼いて、彩音は未知の感覚に戸惑い、ギュッとシーツを握りしめる。

「甘い」

湊人のくぐもった声が聞こえた。彼は彩音の脚を押さえて舌先で花弁をなぞり上げ、隠れていた花芽をふいに舌先で弾いた。

「やぁあんっ」

敏感になった花芽を舌先で捏《こ》ねられ、転がされるたびに、脚がビクビクと震えてシーツをかき乱す。

ぷっくり膨れたそれを口に含まれ吸われた瞬間、痺れるような衝撃が走って彩音は思わずのけぞった。

「ふあぁぁっ」

初めての感覚に息つく間もなく、蜜をまとわせた指先が花弁を割って、つぷりと差し込まれた。

「っ」

異物感に息をのんだ。けれど、指先で浅いところを優しく撫でられ、ほぐすような動きで襞《ひだ》をこすられて、体の中心から蜜があふれ出てくる。そのおかげで違和感が和らぎ、彼の指先が動くたびに淡い刺激を感じて、クチュクチュと淫らな音が高くなっていく。

「あっ、やぁ……待っ、あぁんっ」

恥ずかしいのと気持ちいいのと熱いのと……さまざまな感覚に圧倒されて、勝手に高い声がこぼれる。理性が奪われそうで、身をよじらせて逃げようとしたが、腰に湊人の腕が回されて逃げられない。

体の中心を甘くかき乱されながら、充血した粒を舐《な》めしゃぶられて、お腹の奥がキュウッと収縮する。

「や、また……きちゃう……っ！」

声を上げた直後、さっきよりも強い快感が背筋を駆け上がった。

「あ……あぁぁっ！」

頭まで痺れて……やがて全身から力が抜けた。さっきよりも強い快感に、胸を上下させて大きな呼吸を繰り返す。

その間に湊人がスーツのジャケットを脱ぎ、少し顎を持ち上げながら襟元に指を入れて、ネクタイをするりと解いた。

少し眉を寄せたその表情は、いつにもまして色気がある。

着痩せするタイプなのか、シャツを脱ぎ捨てた彼は、想像していたよりもずっとたくましかった。肩幅は広くて胸板は厚く、お腹は筋肉質で引き締まっている。脱ぎ捨てたスーツのパンツとボクサーパンツの下から、天井に向かって反り返る屹立《きつりつ》が現れた。暗がりの中でもはっきりとわかるその太さと長さに、彩音は目を見開いて身構える。

いつの間に用意していたのか、湊人は手早く避妊具をつけると、彩音の顔の横に両手をついた。

あんなの、とても入る気がしない。けれど、彼に抱かれたい。

その葛藤のまま硬い表情で湊人を見上げたら、彼は一度瞬《まばた》きをして、彩音の鼻先に軽くキスを落とした。そうして彩音の脚を持ち上げて、猛《たけ》った自身を脚の間に押し当てた。

けれど、それは花弁を割るのではなく、淡い余韻が残るそこをゆっくりと前後に滑る。

「……ふ……あんっ」

入り口を浅く抉《えぐ》られ、小さな粒をかすめられて、甘い痺れと切なさが高まっていく。もっと、とねだるように熱い蜜が湧き出て滴った。

「湊人さん」

初めて彼の名前を呼んで、彼の腕を掴んだ。

「彩音」

彼女を見下ろす湊人が、耐えるような表情で眉間にしわを刻む。

「君が欲しくてたまらない」

「私も……湊人さんが欲しいです」

彩音が小さくつぶやくと、湊人は淡く微笑み、熱い肌を重ねて彩音の体をしっかりと抱いた。

そのまま腰を進めて、欲望の塊を押し込む。

「……んぅぅっ」

こじ開けられるような感覚に息が詰まりそうで、彩音の体が硬くなった。

「彩音、息をして。力を抜いて」

そう言われても、引きつれるような痛みで、体が勝手に緊張する。

「ん……ごめ……なさっ」

謝罪の言葉を湊人がキスでふさいだ。チュッと音を立てて唇が離れ、彼がかすれた声を出す。

「彩音、好きだよ」

その瞬間、彩音の目に涙が込み上げてきた。嬉《うれ》しくて胸が震える。

けれど、彼はきっと彩音の緊張をほぐそうとして言ってくれたのだろう。

それはわかっている。でも、今なら言えると、本当の気持ちを言葉にする。

「私も……好き、です」

ささやくように小声で伝えた。途端に彼の表情が、甘く微笑みながらも切なそうになる。

「ああ、彩音。ずっとこうしたかったんだ」

「夢みたいです……湊人さんとこんなふうにできるなんて……」

「夢じゃないよ」

湊人が彩音の額にそっと額を合わせた。彩音は彼の首に両腕を回して引き寄せ、唇にキスをする。

「彩音、大好きだ」

湊人はゆっくりと腰を引いて、なじませるように浅いところで前後させた。彼が動くたびに、つながっている部分から淫靡《いんび》な音が響き、やがて、ひりひりとした痛みよりもゾクゾクとした気持ちよさを感じるようになる。

「あっ、あんっ、湊人さっ……」

彩音のナカが彼をのみ込もうとするかのようにキュウッと収縮した。

「うっ、彩音」

湊人が苦しげに声を発したかと思うと、硬度を増した強直が隘路《あいろ》をこじ開け、奥まで熱く硬いものに埋め尽くされた。

「ふ、あああっ」

「彩音、すまない。痛いよな」

湊人が気づかわしげな声を出した。けれど、その眉間にはしわが刻まれていて、彼のほうが苦しそうだ。

「だい……じょうぶ。すごく嬉しいです。本当に……」

彩音は一生懸命に微笑んで見せた。

「俺もすごく嬉しい」

彩音の両手に、湊人が自分の手を重ねた。

「湊人さん」

彩音は浅く呼吸を繰り返しながら、彼の手を握り返す。

彼が腰を引いて、刹那、圧迫感が緩んだ。けれど、すぐさま突き上げられて、嬌声《きょうせい》が漏れる。

「ああっ、あぁんっ」

ナカをこすられ、奥を抉られるたびに、彼と一つになっている悦《よろこ》びを感じる。腰を打ちつけられるたびに、背筋を駆け上がる刺激が甘く強くなる。

「はあっ、あ、私……もう……っ」

快感が膨れ上がって今にも爆《は》ぜそうで、体が張り詰めた。

「彩音、彩音っ」

湊人が切羽詰まった声を上げ、一段大きく突き上げた。最奥までいっぱいに彼で埋め尽くされて、頭の先まで電流のように激しい快感が駆け抜ける。

「はっ、あ、あぁぁーっ」

直後、湊人が端正な顔を歪《ゆが》めて強く体を押しつけた。彩音は必死で彼にしがみつく。

湊人は小さく身を震わせて、崩れるように横になりながら彩音を腕に抱いた。彼は彩音の髪にそっとキスを落とす。

「ああ……彩音。本当に嬉しい」

「私もです」

湊人の手が彩音の背中をそっと撫でた。彩音は満たされた気持ちで彼の汗ばんだ胸に頬を寄せる。

「ずっと君のことを、きれいだと思ってたんだ」

熱い吐息交じりの声で湊人がささやいた。

その瞬間、彩音の体の熱がスーッと冷めていく。

（それは、見えてないから言えるんだよ……）

そっと左手を伸ばして、太ももの傷跡に触れた。細く長く手触りの違う肌の感覚に、彩音の視界が涙でにじんだ。

第二章　忘れられない出会い

亜熱帯気候《あねったいきこう》に属するアジアのその国の六月は、日本以上に蒸し暑い。

湊人はスプリーム・ホテルズの副社長という身分を隠して、この国で二番目に大きな都市にあるスプリーム・ホテルに滞在中だ。今回は大学時代からの友人、高森蒼太《たかもりそうた》が一緒である。彼に「親孝行のために両親を連れていきたい」と持ちかけられたので、一緒に予約してもらったのだ。次回スプリーム・ホテルズに泊まるときに便宜を図る、という交換条件付きで。

「それにしても、御曹司さまがお泊まりだってのに、意外と気づかれないもんなんだなぁ」

市場の入り口の前でタクシーを降りたとき、一緒に乗ってきた蒼太が言った。湊人は強い日差しに目を細めながら答える。

「気づかれたら意味ないだろ。普段の接客対応を見たいんだから」

「まあそうだよな。けど、せっかく来たんだし、おまえも楽しめよ。じゃあ、俺は会社のみんなへのお土産を探しに行くから、またホテルでな」

「ああ」

蒼太は湊人に軽く右手を上げて歩き出した。彼の背中はすぐに人込みに紛れて見えなくなる。

(二年前に来たときよりも賑《にぎ》わってるな)

湊人は市内で一番広い市場を見回した。

一万平方メートルほどのエリアに二千軒近くの店が集まっていて、現地の人が日常的に買い物をする場所だ。そのため、食材や衣類、日用品などの店が多いが、観光客向けの雑貨やアクセサリー、工芸品などの土産物も売られている。そのほか、すぐに食べられる串焼きや揚げ物、サンドイッチやカットフルーツなどの屋台が所狭しと並んでいて、昼過ぎのこの時間、大勢の人でごった返していた。

湊人は左右の店を見ながら人込みの中をゆっくりと歩く。

「ハロー、ウェルカム!」

「ボンジュール」

「コニチワー、見ていってー」

売り子がさまざまな国の言葉で道行く人たちを呼び込んでいる。売り子は、同じアジア人でも彫りが深く肌の色が濃い現地の人たちばかりだ。一方、客は現地の買い物客よりも、日本をはじめとする他のアジア諸国や欧米からの観光客のほうが多い。三十度を超える暑さもお構いなしのように、熱気と活気にあふれている。

左に曲がると、工芸街と呼ばれるエリアがあった。昔ながらのレンガ造りの店舗兼工房が並んでいて、銀細工、陶器、漆器、伝統織物など、さまざまな工芸品が売られている。アクセサリーや小物を売る店は、お土産を探す若い女性グループや家族連れで賑わっていた。

とくに惹《ひ》かれるものがなく、そのまま通りを進む。すると通りの外れに、ほかより少し広い店舗兼工房があった。家具店のようで、店頭にはタンスやテーブルなどの家具が置かれている。土産物として持ち帰りにくい大型の製品が目につくためか、この店は閑散としていた。

店番なのか、店の前で六、七歳くらいの女の子が椅子に座っている。まっすぐな黒髪を肩で切りそろえていて、黒く丸い目は好奇心旺盛そうだ。

「ハロー、見学、オッケー、ぜひどうぞ」

女の子がたどたどしい言葉で湊人に話しかけた。

「ここは家具を売ってるの？」

湊人は膝に手を当てて、視線を女の子に合わせて訊《き》いた。

「ウイ。グランパとパパの手作り」

さまざまな国の観光客を相手にしているからか、いろいろな言葉が混じっている。

「そうか」

湊人は姿勢を正した。彼がそのまま帰ってしまうと思ったのか、女の子は椅子からぴょんと飛び降りて、湊人の袖を掴んだ。

「見るだけ、オッケー」

どうしようかな、と湊人は視線を店内に向けた。ホテルのマーケティング戦略の一環として、数室のインテリアリフォームを考えている。専門のインテリアコーディネーターに外注するつもりだが、なにかの参考になるかもしれない。

湊人は店内に足を踏み入れた。

まぶしい外から薄暗い中に入ったので、よく見えない。

瞬きをして目を慣らす。

店と地続きの工房で、六十代くらいの男性と三十代くらいの男性が、黒光りする木のテーブルに彫刻を施していた。二人が、女の子の祖父と父親なのだろう。

店の右奥では、二人の女性が事務机に向かい合って座り、なにか話をしている。二人とも二十代後半くらいだが、一人は女の子と同じ黒い髪と濃い色の肌をしていた。女の子の母親だろう。

もう一人は、肩より少し長いマロンブラウンの髪を、後頭部で一つにまとめていた。この国の民族衣装を思わせるスリットの入った長めの白いシャツに、七分丈のライトブルーのパンツという格好をしている。

客だろうか。

そう思ったとき、女の子が言った。

「あの人も、日本人」

「そうなのか」

湊人は女性の横顔を見た。長いまつ毛に縁どられた二重の瞳はキラキラしていて、すっと通った鼻筋にややぽってりした唇が、バランスよく整っている。会話に熱中しているのか、頬が紅潮していた。

薄暗い室内なのに、彼女の周りだけ輝いて見えるのが不思議だ。

その日本人女性は、女の子の母親と英語でやり取りしていた。断片的に聞こえてくる会話から、どうやら彼女は家具を購入する手続きをしているようだ。それも一つや二つではなさそうだ。

『それじゃ、仕上がっている分だけ先に日本に送ってもらえますか？』

女性の言葉に、女の子の母親が答える。

『わかりました。残りは三カ月後にまとめて送りますね』

『はい、よろしくお願いします』

（そんなにたくさん注文して、ちゃんと届くのか？　しかも三カ月も先に？）

この国は急速に発展しつつあるが、観光地での買い物は、ぼったくられたり、注文した商品とは違う粗悪なものが届けられたり……といったトラブルがまだよくあると聞く。

二人の女性が立ち上がったタイミングで、女の子が湊人を見上げた。

「お兄さん、たくさん、見ていいよ」

言うなり女性たちのほうに駆けていく。母親に抱きつくのかと思ったが、女の子は日本人女性のほうに飛びついた。

「アーヤーネー！」

ジャンプした女の子を、アヤネと呼ばれた女性が笑顔で受け止める。

「ミンちゃん、お待たせ～。お母さん、お仕事終わったよ」

「ううん、アヤネと遊ぶぅ～」

「ダメよ、ミン。アヤネは帰らなくちゃいけないんだから」

母親にたしなめられて、ミンはぷくっと頬を膨らませた。

「つまんなーい」

「いいよ、トゥイさん、少しなら大丈夫。ミンちゃん、一緒に遊ぼう」

アヤネの言葉を聞いて、ミンがぱあっと顔を輝かせる。

「待ってて。塗り絵、持ってくる！　マミー、クレヨンどこ？」

ミンがトゥイの服を引っ張り、トゥイはやれやれと言いたげな表情で、ミンに引っ張られるまま階段を上りはじめた。

母娘の様子を明るい笑顔で見守っていたアヤネは、視線を感じたのか、ふと湊人のほうを見た。目が合って、彼女は笑顔のまま小さく会釈をする。

人のよさそうな雰囲気なのが心配になって、湊人は彼女に数歩近づいた。

「大丈夫ですか？」

湊人の言葉を聞いて、アヤネは不思議そうに首を傾《かし》げる。

「なにがですか？」

「思い切った買い物をしていたようですが、ちゃんと配達される保証はあるんですか？」

「どういう意味です？」

彼女の顔から笑みが消えた。

「つまり、注文の品が配達されなかったり、粗悪な品にすり替えられたり――」

「失礼ですね！」

アヤネはぴしゃりと言った。その勢いに押されて、湊人は口をつぐむ。

「ファム家具店はそんなことしません！　うちとはもう三年も取引してますが、一度だってそんなことはありませんでしたっ。ここの家具はどれも、二代目のファムさんとその息子さんが心を込めて、誇りをもって作った質の高いものです！　それをきちんとした手続きを踏んで輸入してますっ」

大きな声でまくしたてた彼女は、よっぽど腹を立てているのか、怒りで目が輝いていた。濃い茶色の瞳が、潤んだようにキラキラと。

（きれいだ……）

目が離せなくなる。

じっと見つめていたら、彼女が怒った顔のまま眉を寄せた。それでようやく我に返る。

「そうとは知らず、思い込みでものを言って申し訳なかった」

湊人は気持ちを込めて深く頭を下げた。

「え、あの、その……どうぞ顔を上げてください」

アヤネの戸惑った声が聞こえてきて、湊人はゆっくりと顔を上げた。彼女は拍子抜けしたように瞬きをしてから、さっと姿勢を正す。

「こちらこそすみません。言いすぎました」

彼女も同じように頭を下げた。

「いや、俺が君の立場だったら、同じように言ったかもしれない」

「いえ、そんな。旅行ガイドなどでも、注意するようにって書かれてますものね。残念ながらそういう事例もまだあるんでしょうね」

彼女は声のトーンを落とし、気まずそうに視線を動かした。湊人はシャツの胸ポケットから名刺入れを取り出し、一枚抜き出して彼女に向ける。

「スプリーム・ホテルズ株式会社の神山湊人と申します」

湊人が名刺を差し出したので、彼女はあたふたとバッグの中から名刺入れを取り出した。

「あ、あの、若木家具工芸株式会社の若木彩音と申します」

交換した名刺には社名と氏名のほかに〝海外購買担当チーフ＆インテリアコーディネーター〟という肩書きが書かれていた。

（彼女、インテリアコーディネーターなのか！）

この出会いがますます運命的なものに思えてきた。

胸が高揚し、言葉が思わず口をついて出る。

「君が欲しい」

一瞬の間の後、彩音が「は？」と声を出した。彼女が警戒するような表情になり、湊人はハッとして口を動かす。

「あ、いや！　仕事でインテリアコーディネーターを探してたんだ！　数室限定でスイートルームのインテリアリフォームを考えていて！　この店もそれで覗《のぞ》いてみたんだよ」

湊人の言葉を聞いて、彩音の頬がほんのりと染まった。

「あ、そ、そうなんですね。スプリーム・ホテルズの副社長ですもんね。私なんかにそんな不埒《ふらち》なこと、いえ不躾《ぶしつけ》なことを――」

最後のほうは小さな声でぶつぶつと言っていたが、彩音は何度か咳払《せきばら》いを繰り返して真顔を作った。

〝私なんか〟という言葉には少し引っかかったが、変なふうに誤解されなくてよかった。

湊人は内心胸を撫で下ろした。

「よかったら、このあと一緒に食事に行かないか？　お互いのことをもっと詳しく知れたらと思うんだ」

「せっかくですが、私は――」

彩音の返事をかき消すように、ミンの大声が聞こえてくる。

「アーヤーネー！　塗り絵、しよー！」

ミンが横から彩音に飛びつき、彩音は二、三歩よろけた。それでも優しく笑って、ミンの頭を撫でる。

「うん、塗り絵しよう。でも、このお兄さんと少しお話ししたいから、五分くらい待ってくれる？」

「五分？」

ミンが首を傾げた。彩音はしゃがんで壁の時計を指さす。

「うん。あの時計の長い針が四から五に移ったら五分。それだけ待ってくれる？」

ミンはぷくっと頬を膨らませて、恨めしそうに湊人を見た。恨めしい気持ちになったのは湊人も同じだ。

女性を食事に誘って断られそうになっているうえに、女の子に負けて五分しかもらえないとは。

彩音は立ち上がって、ミンに向けていた明るい笑顔をそのまま湊人に向ける。

「残念ながら今夜の便で日本に帰らなければいけないので、食事は無理そうです。ですので、弊社について、今、簡単にご説明させていただきますね。もし弊社に興味を持ってくださったなら、日本に帰国されたときにぜひご連絡ください。そのときに改めて詳しくご説明いたします」

彩音はスマートフォンを操作して、若木家具工芸のホームページを表示させた。

「家具職人でもある父が社長を務めています。副社長は兄です。工房には現在父以外に職人が八人いまして、素材は日本はもとより、ヨーロッパや南米から天然木を調達して――」

彩音は視線をスマホの画面から湊人に移した。彼を見上げて熱っぽく語る彼女は、瞳が今まで一番キラキラ輝いている。

やっぱりきれいだ、と湊人は思った。

「いつか一緒に仕事をしよう。必ず」

彩音を見つめたまま、熱を込めて言った。

＊＊＊

（あのタイミングで名刺を交換したのは、我ながら機転が利いていたな）

五カ月近く前、初めて彩音と会ったときのことを思い出して、湊人は目をつぶったまま頬を緩めた。

自分でも信じられないが、一目惚《ひとめぼ》れだった。

あのときから恋焦がれてきた女性に、ついに気持ちが通じたことが嬉しくてたまらない。

満たされた気持ちで目を開けた湊人は、ベッドの隣に彼女の姿がなくて驚いた。

「彩音？」

起き上がって室内を見回す。

昨日脱がせて散らばっていた衣類がない。きっとシャワーだろう。

湊人はボクサーパンツを身に着け、シャツを拾い上げてパウダールームに向かう。

「彩音？　シャワーなら一緒に――」

言いながらドアを開けた湊人は、すりガラスの向こうのバスルームに明かりがついていないのを見て、言葉を切った。

「彩音っ⁉」

不安に襲われ、リビング・ダイニングを覗き、トイレのドアをノックしたが、彩音の姿はどこにもない。

「どういうことだ？　なぜ⁉」

そのとき、リビングルームのほうから電子音が聞こえてきた。スマホの呼び出し音だ。

（そうか、急用があって先に帰ってしまったんだな。彼女は過ぎるほど仕事熱心だからな）

なにを一人であわてていたんだ。

そう苦笑しつつも、俺より仕事を優先するなんて、と少しすねた気持ちで、リビングルームに急いだ。

ソファの上に置いていたビジネスバッグからスマホを取り出し、切れる前にと急いで通話ボタンにタップする。

「彩音⁉」

焦りすぎて大きな声が出てしまい、一度深呼吸をした。

スマホのスピーカーから戸惑った様子の女性の声が聞こえてくる。

『あの……おはようございます、副社長。川内《かわうち》です』

驚いて画面を確認したら、社長秘書の川内佐央里《さおり》の名前が表示されていた。

湊人は右手で前髪をくしゃりと握って咳払いをする。

「ああ、おはよう、川内さん」

『昨日、最終内覧のために若木チーフとお会いになったんですよね？　まさかまだ一緒にいらっしゃるとか……？』

佐央里が探るように言った。

「彼女はいない」

湊人はいら立ちを覚えながら低い声を出した。佐央里はホッとしたような声で答える。

『そ、そうですよね。最終内覧の後は副社長自ら宿泊なさることが多いですけど、今回も……？』

早く彩音に電話したいのに、という気持ちが、不機嫌な声となって口からこぼれる。

「ああ。それでなんの用だ」

『あ、はい、あの、社長からのご伝言です。ジャズピアニストのサヤナさまが、明日のディナーショーのために本日の夕方からスプリーム・ホテル東京ベイに宿泊されるので、チェックイン時に出迎えてほしいと』

「またか」

湊人はため息をついた。

『サヤナさまは当ホテル・グループのお得意さまですが、副社長がこれ以上女性のお客さまとあらぬ噂を立てられるのはよくないのでは、と社長に申し上げたのですが……』

「サヤナさまなら大丈夫だろう。売り出し中のモデルやタレントだと、話題作りのためにあることないこと、いや、ないことないこと週刊誌に書かせたりもするが」

『そうですね。では、私がそちらに副社長を迎えに行きましょうか？』

「必要ない。君は社長秘書だろう」

『ですが――』

「用件はそれだけか？」

焦った様子の佐央里の声が返ってくる。

『あの、もう一つ』

「なんだ？」

『対等の立場で仕事をしたいから、ということで、若木チーフを名前で呼ばれていると、以前おっしゃっていましたよね？』

「そうだが？」

少しの沈黙の後、佐央里の声が聞こえてくる。

『それなら、私が父の会社――川内ファニチャーに戻れば、私のことも名前で呼んでくれますか？』

「なぜだ？」

湊人は眉を寄せた。

『対等な立場で仕事ができます』

湊人はため息をつきたいのをこらえて言う。

「なにが言いたいのかよくわからないが、君はなりたくて秘書になったと聞いた。それに、量販店の川内ファニチャーの製品コンセプトが、スプリーム・ホテルズのコンセプトと一致しないのは、君も知っているはずだ」

『そうですが……』

「すまないが、急いでいる。ほかに用件がないなら切るぞ」

『あ、あの、はい。失礼しました』

電話を切るやいなや、湊人は彩音に電話をかけた。呼び出し音が五回、六回と鳴り、なにかあったのでは、と心配になったとき、ようやく電話がつながった。

『……はい』

低く抑えたような彩音の声が応答した。彼女が出たことにホッとしながらも、普段と違う声の調子に不安になる。

「彩音？　なにかあったのか？」

『いいえ』

「じゃあ、どうしてなにも言わずに帰ったんだ？　心配するじゃないか」

『それは……ごめんなさい』

「昨日はちゃんと食事ができなかったから、改めてお祝いのディナーに行かないか？　今夜七時、スプリーム・ホテル東京ベイのフレンチレストランはどうだろう？」

『ごめんなさい』

彩音の沈んだ声が返ってきた。

「フレンチの気分じゃないなら、前に仕事の打ち合わせで使ったイタリアンは――」

『神山副社長』

硬い声で遮られて、湊人は言葉を切った。

「……なんだ？」

『このたびは弊社にご依頼いただきまして、誠にありがとうございました。私とのお仕事はこれで終わりになりますが、アフターサービスは専任の担当者がおりますので、きちんと対応いたします。御社《おんしゃ》のスイートルームのコーディネートを手掛けることができて、大変光栄――』

「待て待て！」

今度は湊人が彩音の言葉を遮った。

「彩音、言ってくれたじゃないか。俺のことが好きだって」

『……それは、副社長がそうおっしゃったからです』

「は？」

『私の……緊張をほぐそうとして言ってくださった言葉を、私は真に受けたりしません。ですから、副社長も私の言葉を真に受けないでください。あれは一夜限りのことだったんですから』

その言葉に、湊人は頭を殴られたようなショックを受けた。

「一夜限り……？」

『はい。私たちのプロジェクトは終わりました。私たちの関係も終わりです』

「待ってくれ。俺は君に初めて会ったとき、なんてきれいな人なんだろうと思ったんだ。そのときから君に惹かれていた。本当だ！」

『副社長みたいにステキな人にそんなふうに言ってもらえて、すごく嬉しいです』

彩音の声がほんの少し柔らかくなった。

「だったら――」

『でも、私はきれいじゃないんです。ごめんなさい』

彩音の声が聞こえた直後、電話が切れた。

「嘘《うそ》だろ……」

ほんの十数分前にこのうえなく幸せな気持ちで目覚めたのに、一瞬にして絶望のどん底に突き落とされた。

（いったいどうして……？）

スマホを投げるようにローテーブルに置き、ぐったりとソファに座る。

なにがいけなかったのか。

彼女のうぶな反応から、初めてなのだろうと思った。だから、精いっぱい彼女を気遣ったつもりだった。だが、もしかしたら、夢中になりすぎて彼女に負担をかけてしまったのかも――？

頭を悩ませていると、ふと彩音の声が耳に蘇《よみがえ》ってきた。

『私はきれいじゃないんです。ごめんなさい』

（彩音がきれいじゃないなら、いったい誰をきれいだと言うんだ）

ファム家具店で湊人に若木家具工芸について説明してくれた後、ミンと一緒になって塗り絵を楽しんでいた。途中で二代目とその息子に日本での売り上げについて訊かれ、顧客層やコーディネート例について丁寧に説明していた。

湊人の経験上、バイヤーという立場を利用して優位に立とうとしたり、横柄な態度を取ったりする者がいるのを知っている。

けれど、彼女は彼らとその技術、製品に敬意を払い、対等な立場で接していた。

（あんなに心のきれいな人がいるだろうか）

彼女を、本当にきれいだと、美しいと思ったのだ。
湊人は膝の上でギュッとこぶしを握った。
（たった一夜で、諦めてたまるか——）

第三章　この想《おも》いは秘密

湊人からの電話を切った彩音は、スマホをベッドサイドテーブルの上の充電器に置いた。深く息を吐いて、バスルームに向かう。

一晩だけと決めていたのに、彼の腕の中にいる間、あまりにも幸せすぎて、彼ともっと一緒にいたい、という欲が芽生えてしまった。

だけど――。

着ていたものを脱いでシャワーヘッドの下に立ち、太ももに視線を落とした。

明らかに周囲の肌の色と違う、醜く引きつれた長い傷跡。

『え、さすがにこれは萎えるわー』

元カレの声が耳に蘇った。それとともに、そのとき負った心の傷が疼きだす。

(湊人さんだって、これを見たら絶対に幻滅する……。あんな思いは二度としたくない)

そう思ったとき、膝の少し上、傷跡が始まる部分の内もも側に、紅《あか》く小さな痕がついているのが目に入った。

（えっ、いつの間にこんなところに⁉）

部屋に明かりがついていたら、間違いなく傷跡を見られていたはずだ。

そのことに気づいてゾッとする。

傷跡を見られなかったからこそ、彼とあんなにもステキな夜を過ごせたのだ。

そう思って自分の気持ちを戒《いまし》めようとするのに、この五カ月で募ってしまった想いが胸を締めつける。

（本当は心の中でこっそり想っておくだけのつもりだったのに、どうしてこんなに好きになってしまったんだろう……）

彩音はバスチェアに座って膝に肘をつき、手で額を押さえながら、五カ月前のことを思い出す。


ファム家具店で湊人に若木家具工芸について説明した後、帰りの機内でスプリーム・ホテルズについて検索した。世界の大都市や観光地、リゾート地にラグジュアリーホテルを展開していることは知っていたが、その建物の上品な高級感を見ているうちにうっとりとなる。

もちろん、都市それぞれの雰囲気に合わせているので、ヨーロッパの都市では宮殿のような壮麗な造りだったり、南国のビーチでは青い空と海に映える白壁の美しい建築様式だったりと、その表情は多彩だ。

(副社長はどんなインテリアをお望みなんだろう……)

国内のホテルの画像を見ながらコーディネートを考えているうちに、ワクワクしてきた。

壁紙はどの色がいいか、父や所属する職人がこれまでに手掛けた一点物の家具や、海外で買い付けてきたエキゾチックなインテリアをどう組み合わせるか、どう配置するか……。

そんなふうに胸を躍らせてから、ハッとする。

「いつか一緒に仕事をしよう」というあの言葉は、社交辞令の可能性だってある。

確かに若木家具工芸が扱う家具はラグジュアリーホテルにふさわしい品質を誇る。けれど、ほかの大手家具販売ブランドと比べたら、知名度は比較にならないほど低い。そんな小さな会社が、こだわりの家具を製造・販売しながら存続していくにはどうすればいいのか、というのは、創業者である祖父の代からの悩みだ。

幸いなことに、祖父の築いた人脈のおかげで、どうにか会社として成り立っているが、海外に買い付けに行く際、彩音はいつも格安航空券を取り、できるだけ効率よく仕入れ先を回れるように日程を組んでいる。

(スプリーム・ホテルズのコーディネートを手掛けられたら、コーディネーター冥利に尽きるだけじゃなく、若木家具工芸にとってもすごくありがたいよねぇ)

けれど、住む世界が違いすぎて、実現するとは思えない。

そう思っていたのだが……。

帰国した二日後、彩音は東京都郊外にある若木家具工芸本社ビルの二階のオフィスで、受付からの電話を受けた。「スプリーム・ホテルズ株式会社の神山副社長からお電話です」と告げられて、驚くと同時に胸が高鳴る。

彩音は深呼吸をしてから、転送されてきた電話に応答する。

「お電話ありがとうございます、若木です」

『スプリーム・ホテルズの神山です。もしかしたらまだ出社してないかなとも思ったんだが、こうして話せて嬉しい。帰国してすぐなのに、もう仕事に戻ってたんだね』

湊人に言われて、彩音は苦笑を浮かべる。

一昨日の月曜日の早朝に帰国し、その数時間後から出社しているが、それには若木家具工芸にあまり人員の余裕がないという理由がある。もちろん、仕事が好きなのでまったく苦にはならないけれど。

「副社長はいつ戻られたんですか？」

彩音の問いに、少し早口の声が返ってくる。

『実はこれから帰国するんだ。帰国したら君に会いたいと思って電話した』

一瞬ドキッとした。だが、ファム家具店で『君が欲しい』と彼に言われて、あやうく誤解しそうになったときのことを思い出し、努めて落ち着いた声を出す。

「ご連絡いただき光栄です。スイートルームのインテリアリフォームの件ですよね？」

『えっ』

電話の向こうから困惑したような声が聞こえてきた。彩音は先走りすぎたのかとあわてて口を動かす。

「あっ、ええと、申し訳ありません。まずは弊社がどのような製品を扱っているのか、実際にご覧になりたいということですね」

これまで若木家具工芸はスプリーム・ホテルズと取引がなかったのだから、いきなり仕事を依頼されるはずがない。

彩音は反省しつつ話を続ける。

「本社オフィスの一階がショールームになっております。ご都合のいい日時をご予約いただければ、営業担当者がご案内いたします」

『君に案内してほしいんだが、頼めるかな？』

湊人に訊かれて、彩音は少し考える。

営業担当者のほうがセールストークも長《た》けているし、契約関係も詳しい。けれど、潜在顧客の副社長の要望とあらば、会社のためにも応じるべきだ。

「はい、もちろんです」

『よかった』

彩音はパソコンを操作して社内共有カレンダーを開き、予定を確認しながら尋ねる。

「ご予約はいつがよろしいですか？　明日木曜の午後と金曜の午前・午後が空いております。あ、でも、帰国してすぐはお疲れでしょうから、来週にされますか？」

『いや、金曜の午後がいい。最終の予約は何時《いつ》かな？』

「ショールームの閉店が七時ですので、最終は六時でお願いしております」

『それなら六時で』

彩音は肩と頬に受話器を挟み、予定表に〝スプリーム・ホテルズ神山副社長、ショールーム見学〟と入力した。

「かしこまりました。ショールームの場所をご案内しましょうか？」

『ああ、大丈夫だ』

「では、当日、お待ちしていますね」

『ああ。君に会えるのを楽しみにしているよ』

彼の声がどこか甘く聞こえて、彩音は頬を赤くしながらも、すぐに口を動かす。

「は、はい、こちらこそ。お気をつけてお越しください」

『ありがとう』

電話を終えて、彩音は大きく息を吐いた。

『君に会いたいと思って電話した』とか『君に会えるのを楽しみにしている』とか、こちらがドギマギするような言葉が、彼の口からすっと出てくる。

（さすがは女性慣れしてる、と言うべきか……）

飛行機内でスプリーム・ホテルズについて検索したとき、たまたま目にしたネットニュースに、湊人が何人もの女性と噂になっている、と書かれていた。

【イケメンホテル御曹司の本命は誰？】

そんな見出しの記事に、彼がスプリーム・ホテルの前で女性と待ち合わせて、そのまま女性をエスコートしていく写真が何枚も掲載されていたのだ。

とはいえ、わざわざ見学したいと電話をくれたのだから、彼が若木家具工芸に興味を持ってくれたのは本当だろう。

（副社長の女性関係のことは置いといて、一番大事なのはうちの製品を気に入ってもらうこと！落ち着いてしっかりご案内しなくちゃ）

彩音は決意も新たに、パソコンに向き直った。


そして迎えた金曜日の夕方。

湊人との約束の時間までまだ余裕があったので、彩音は一階のショールームでカーテンをかけ替えることにした。時計を見ると、五時半を過ぎたところだ。ショールームには受付担当の四十代の女性が一人いるだけで、客の姿はない。

彩音は奥の倉庫から脚立を持ってきた。脚立を組み立ててパンプスを脱いで上り、かかっていた若草色のカーテンを外す。それを足元に下ろしてから、ほどよい透け感のあるブルーのリネンのカーテンを、片手に抱えて脚立を上る。

「うん、爽やかで涼しそう」

かけ替えて眺めて満足する。脚立から下りようと片足を浮かせたとき、受付の女性に声をかけられた。

「若木チーフ、お客さまがいらっしゃいました」

「わかりました」

急いで下りようとしたが、あわてたせいでバランスを崩した。

「きゃあっ」

お尻から床に落ちるのを覚悟し、ギュッと目をつぶって激痛に備える。けれど、背中と膝裏に軽い衝撃があっただけだった。

おそるおそる目を開けたら、すぐ目の前に湊人の顔があった。数秒遅れて、自分が彼に抱きとめられていることに気づく。

「えっ、わっ、あっ」

あわてる彩音に、湊人は少し首を傾げて尋ねる。

「大丈夫？」

「はっ、はい、あの、すみません、大丈夫ですっ」

湊人は彩音を下ろし、彼女が脚立の足元に脱いでいたパンプスを履けるように手を貸した。

「ありがとうございます」

彩音は恥ずかしさで顔を赤くしながら、パンプスに足を入れた。

「ケガはない？」

「はい、おかげさまで」

「よかった」

湊人がにっこり笑って言った。その笑顔がまぶしいのと、ドジを踏んで恥ずかしいのとで、彩音は足元に置いていた若草色のカーテンをそそくさと拾い上げた。

そんな彩音に、受付の女性がすまなそうに声をかける。

「チーフ、申し訳ありません、私が声をかけたせいで……」

「いえ、私の不注意だったので気にしないでください。持ち場に戻っていただいて大丈夫ですよ」

「本当にすみませんでした」

受付の女性は彩音と湊人にそれぞれ頭を下げて、受付ブースに戻っていった。

彩音はカーテンを小さくまとめながら、彼に向き直った。平静を装おうとするが、まだ頬が熱い。

「大変失礼いたしました。先に飲み物をお出ししますね。それからショールームをご案内いたします」

「ありがとう、よろしく」

彩音は湊人をショールームの隅にある応接室に先導した。そこはショールーム全体が見渡せるようにガラス張りになっていて、父と別の職人が製作した二人掛けのソファが一脚ずつ、ローテーブルを挟んで向かい合っている。

「どうぞおかけください。紅茶かコーヒーをホットかアイスでご用意できますが、なにがよろしいですか？」

「では、ホットコーヒーを」

「かしこまりました。少々お待ちください」

彩音はいったん応接室を出て倉庫のカゴにカーテンを入れ、給湯室に向かった。

（潜在顧客の前で脚立から落ちるなんて、恥ずかしすぎる。あんなドジなことをして、信用されなかったらどうしよう）

彩音はコーヒーマシンを操作しながら、首を横に振ってどうにか不安を振り払おうとする。

けれど、うまくいかないうちにカップにホットコーヒーが出来上がってしまった。

彩音はコーヒーシュガーとミルクとともにトレイにのせて応接室に運んだ。湊人は父が作ったソファに、長い脚を組んでゆったりと腰かけている。

「お待たせしました。どうぞ」

彩音はソーサーにのせたコーヒーカップをローテーブルに置いた。

「ありがとう」

彩音は彼と向かい合うソファに腰を下ろした。彼はブラックのままコーヒーを静かに飲む。彩音がもう一度謝罪の言葉を述べようかと思ったとき、湊人がカップを下ろして彩音を見た。

「あの――」

先ほどは大変失礼いたしました、と彩音が言うより早く、彼の声が聞こえてくる。

「このソファだが、座り心地もだけど木枠の風合いがいいね」

湊人がソファの肘置きをそっと撫でた。その瞬間、彩音の頭から不安が吹き飛び、誇らしさでいっぱいになる。

「おわかりになります⁉」

彩音は嬉しい気持ちのまま、前のめりになって言葉を続ける。

「このソファは木枠にブラックチェリー材を使っているんです。濃色材《のうしょくざい》としてはウォールナット材なども人気ですが、ブラックチェリー材はなんといってもご覧のとおり！　繊細な木目が美しく、優しさと温かみもあります。それに、油分を多く含むため、艶のある滑らかな肌触りが特徴なんです。いくらでも触っていられますよねっ。それからもちろん耐久性も優れています！　そしてなんと、お座りのそのソファは弊社の社長が製作したものなんですっ」

胸を張ってそう言ったものの、湊人にじーっと見つめられているのに気づき、彩音は頬に血が上るのを感じた。またもや恥ずかしさで顔が赤くなる。

（やりすぎたかも……身内びいきもいいとこだわ……）

営業担当社員ならあんなふうには言わなかっただろう。

彩音はいたたまれなくなって体を縮込め、小声で言う。

「申し訳ありません」

湊人は目を細めて微笑んだ。

「謝る必要なんてないよ。若木家具工芸さんのこだわりを知ることができて、こちらとしてもありがたい」

「そう言っていただいて助かります。家具やインテリアの話になると、熱が入りすぎてしまうので……」

苦笑や愛想笑いを返されることが多いので、たとえ社交辞令なのだとしても、湊人の言葉が嬉しかった。

「すばらしい熱意だよ。それじゃ、ほかの製品のことも教えてもらえるかな？」

「もちろんです。こちらへどうぞ」

彩音は席を立って、湊人をショールームへと案内する。

ショールームは学校の体育館くらいの広さがあり、自然光を取り入れ、ところどころに観葉植物を置いた心地よい空間だ。若木家具工芸の職人たちが丹精込めて作った家具と、彩音が海外で仕入れてきたこだわりの家具が、テーマごとにゆったりと配置されている。

「こちらのダイニングテーブルは、一枚板のマホガニー材で作られています。マホガニーらしい赤褐色《せきかっしょく》の木肌に美しい縞模様《しまもよう》が出ています」

彩音はショールームを歩きながら、湊人に説明を続ける。

木目が印象的で風合い豊かなヨーロピアンウォールナット材のシェルフ。

緩やかな背もたれのカーブに職人の技の粋が詰まったチーク材のソファ。

独特の木目と香りに癒《いや》されるヒノキ材のベッド。

そのほか照明器具やカーテンなどのインテリアも展示されている。

彩音が案内を終えると、湊人は感心したような声を出した。

「同じ木材でも、一つとして同じものはないんだな」

「そうなんです。それに、たとえまったく同じ木材を使ったとしても、職人それぞれに個性がありますので、やはり同じものにはなりません」

「なるほどね」

湊人は腕を組んで、ショールーム内をゆっくりと見回した。

思案しているようなその横顔を見て、彩音は両手をギュッと握る。

(うちの製品を気に入ってくれるといいんだけど……)

緊張しながら見ていたら湊人と目が合い、彼がにこりと微笑んだ。

「ぜひ若木家具工芸さんにお願いしたい」

「あ、ありがとうございますっ」

彩音は詰めていた息を吐き出した。

「前に会ったときに言ったように、君と一緒に仕事をしたいと思っていたんだ。今日、こうして実物を見ることができて、確信が深まった。君と一緒なら、きっと俺の思いを形にできる」

「そう言っていただけて嬉しいです。副社長のご期待に応えられるよう、精いっぱい取り組ませていただきます」

「そうと決まれば、詳しい話を詰めよう」

「はい！」

応接室に戻ると、湊人はソファに座ってビジネスバッグからクリアファイルを取り出した。中には数枚の紙が入っている。

「今回リニューアルを計画しているのは、スプリーム・ホテル品川のリラックススイート五室。間取りは全室同じで、これがその間取り図だ」

彼はクリアファイルから図面を出してローテーブルに置き、話を続ける。

「営業しながらになるので、大幅な改装工事はせずに、それぞれ特別感と個性のある部屋になるように、インテリアをリフォームしてほしい。ありきたりな高級感ではなく、上質に浸りながらリラックスできるような時間と空間をお客さまに提供したいんだ。このソファのようなこだわりの家具を使って」

湊人がまたソファの肘置きを撫でた。

その慈しむような仕草から、父の仕事を認めてくれていることが改めて伝わってくる。ラグジュアリーホテルの副社長という上質を知る人に褒められて、彩音は胸が熱くなった。

「当社の家具はどれも天然木そのもののよさを生かすように作られています。当社にお任せいただければ、世界に一つだけの優しさと温《ぬく》もりのある空間を叶《かな》えさせていただきます」

「ああ。期待している」

湊人がローテーブル越しに右手を伸ばした。彩音はその手を握る。

「ご依頼いただき、ありがとうございます」

温かくて大きな手が彩音の手をギュッと握って離れた。

「こちらこそ。引き受けてくれて嬉しいよ」

彩音はソファに座りなおした。

「さっそくですが、副社長がおっしゃっていた言葉から、〝上質に浸るくつろぎ〟をコンセプトにしようと思うのですが、いかがでしょう？」

「いいね。それで行こう」

「実際に部屋を見せていただくことはできますか？」

「もちろん。宿泊予約を入れない日を設けて連絡しよう」

湊人はそう言ってくれたが、つねに満室で予約が取りにくいと言われるスプリーム・ホテルズに、そんなことをしてもらうのは気が引けた。

「いえ、清掃作業の合間など、お邪魔にならないときで構いません」

「それでいいのか？」

「はい」

「じゃあ、時間を調整して、改めて連絡するよ」

「ええと、副社長が連絡してくださるということですか？」

彩音が尋ねると、彼は頬を緩めて答える。

「もちろん。秘書を通すより話が早く進むだろう？」

そうかもしれないな、と思って彩音はうなずく。

「わかりました」

「連絡を取りやすいように、携帯番号を教えておくよ」

湊人がスマホを取り出して番号を表示させた。

「あ、でしたら私の番号も」

彩音もスマホを出して連絡先を交換し、バッグに戻した。

湊人は小さく「よし」とつぶやき、彩音に顔を向ける。

「契約関係の詳細は、そのときに食事でもしながら詰めよう」

「かしこまりました」

それから何点か確認事項を話し合った後、彩音は湊人を見送るべく、ソファから立ち上がった。

続いて立ち上がった湊人が左手の腕時計を見る。つられて彩音も腕時計に視線を落とすと、いつの間にか七時を回っていた。

「話し込んでいたら閉店時間を過ぎてしまったな。申し訳ない」

「こちらこそ長々とお時間をちょうだいして、申し訳ありませんでした」

彩音は湊人を促してショールームの自動ドアに向かった。外に出て、彼と向き直る。

「本日はお越しいただきありがとうございました」

「こちらこそ、君に会えてよかった。それでなんだけど」

お気をつけてお帰りください、と言おうとしていた彩音は、湊人の言葉の続きを待つ。

「はい？」

「君の仕事が終わるのを待ってるから、一緒に食事に行かないか？」

夕闇の中にいるからか、湊人の顔に影が落ちていて、さっきまでのビジネスライクな彼とは、雰囲気が違って見える。どことなく色気があるような。

彩音は戸惑いながらも尋ねる。

「えっと、それは打ち合わせの続き、ということですか？」

「いや、契約を結べたお祝いに――」

そのとき、湊人の言葉を遮るように男性の大声が聞こえてきた。

「彩音さんっ！」

聞き覚えのある声に、彩音はビクッと肩を震わせた。顔を見なくても、相手が誰だかわかる。取引のある山野辺《やまのべ》一級建築士事務所の社長の息子で、二十七歳の山野辺佳尚《よしなお》だ。

彼と仕事でかかわることはほとんどなかったのだが、一カ月前、『あなたは僕の女神です。どうか僕と付き合ってください』と告白された。その言葉に少々引きながらも、取引先の令息なので、『申し訳ありませんが、私は誰ともお付き合いをするつもりがないんです』と丁重にお断りした。

それなのに、仕事終わりを狙ってたびたび電話をかけてきては、食事に誘われて困っていたのだ。

(今日はなにしに来たんだろう……。副社長に迷惑をかけないように、穏便にやり過ごさなくちゃ)

彩音がさっと振り向くと、佳尚は丸い顔を紅潮させてずんずんと近づいてくる。

「彩音さん！　誰なんですか、その人は！」

「山野辺さん、こちらは弊社のお客さまです」

佳尚はスーツの腕を組み、鋭い目つきで湊人を見上げた。湊人は怪訝そうな表情になる。

彩音はあわてて湊人に向き直った。

「あの、本日はありがとうございました。月曜日に改めてご連絡いたします。どうぞお気をつけてお帰りくださいませ」

彩音はお辞儀をして、手で敷地の外を示した。しかし、湊人は歩きだそうとせず、彩音に心配そうな視線を向ける。

（お願い、帰ってください！　副社長に迷惑をかけたくないんです）

彩音は目で必死に訴えたが、二人の間に佳尚が体を割り入れた。彼は二十センチくらい高い位置にある湊人の顔に、人差し指を突きつける。

「警告しておきます。彩音さんに親切にされたからって誤解しないことですね。彩音さんは僕のものになる予定なんですから」

「山野辺さん！　こんなところでやめてください」

彩音は急いで彼の言葉を遮った。佳尚はふんと鼻を鳴らして言う。

「父さんが言ってたんだ。彩音さんが僕と付き合ってくれないのは、俺が二級建築士の試験に何度も落ちるような不甲斐《ふがい》ない男だからなんだって。今年の試験は絶対に合格してみせる。だから、それまでほかの男のものにならないでくれ！」

「山野辺社長のその言葉は間違っています。私はそんな理由でお断りしたんじゃありません」

「じゃあ、どうしてだよっ」

佳尚が駄々《だだ》をこねるように言い、彩音は頭が痛くなってきた。

男性と付き合うつもりがない本当の理由を打ち明けたくなくて、お世話になっている建築士事務所の社員だから、穏便に済ませようとしたのがいけなかったのかもしれない。山野辺社長の嘘でこじれてしまった。

「前にも言いましたが、私は山野辺さんだけでなく、誰ともお付き合いするつもりは――」

ありません、と彩音が言おうとしたとき、湊人が彼女の肩に手を回して彼のほうにぐいっと引き寄せた。

「彩音さんが君とも誰とも付き合わないのは、俺と付き合っているからだ」

「えっ」

「なんだって⁉」

彩音と佳尚の声が重なった。彩音は目を丸くして湊人を見る。彼は彩音にすばやく目配せをしてから、佳尚に顔を向けた。

「君の父親は君に試験をがんばってほしくてそう言ったんだろうが、そんなふうに彩音さんの名前を出すのは間違っている」

湊人に鋭い目で見据えられて、佳尚はぐっと唇を結んだ。しかし、すぐにキッと顔を上げて、脅すような低い声を出す。

「父さんに言いつけてやる」

「なんだと？」

湊人の険しい声に負けじと、佳尚は叫ぶように言う。

「おまえじゃない。彩音さんだっ。父さんに言いつけてやる！　なあ、山野辺一級建築士事務所と仕事ができなくなったら困るだろう⁉　そうなりたくなければ、そいつとは別れるんだっ」

そんなことを言う人の会社とは取引できなくてもいい、と啖呵《たんか》を切ってやりたいが、父や兄を困らせたくはない。

（だからといって、「はい、別れます」なんて言いたくないし）

たとえ副社長と本当に付き合っているわけではないとしても、佳尚の言葉はあまりに一方的で理不尽だ。

（どうしたらいいんだろう）

彩音は下唇を噛んだ。その彼女を安心させるように、湊人は彼女の肩を抱く腕にぐっと力を込めた。そして低い声で佳尚に言う。

「君の父親はそんなくだらない理由で取引先を脅すのか？」

「くだらなくないっ。僕は唯一の跡取り息子なんだ！　僕の頼みなら、父さんはなんだって聞いてくれるっ」

湊人は呆れたようにため息をついた。

「その山野辺社長とやらは、ずいぶん息子を甘やかしたもんだな」

彩音も内心同じ気持ちだったが、今は湊人を巻き込んでしまったことと、父の会社が危機にさらされていることのほうが心配だった。

「副社長、ご迷惑をおかけして申し訳ありません」

彩音は小声で謝った。湊人は一瞬目を見開いたが、すぐにクスリと笑う。

「こんなときに俺のことを気にかけてくれるなんて」

湊人は彩音の肩をポンポンと軽く叩《たた》いてから、不敵な笑みを佳尚に向けた。

「君が権力を笠《かさ》に着ようとするなら、俺もそうしよう」

「なんだと⁉」

佳尚は睨《にら》み返《かえ》したが、湊人の笑みに不穏なものを感じたのか、ぐっと顎を引いた。

「君の父親に電話してくれるか？　話したいことがある」

「な、なにを話すって言うんだ⁉」

「さあ？」

湊人は意味ありげに片方の口角を引き上げて、佳尚に片手を伸ばした。

「君のスマホで君の父親に電話をかけてくれ。俺が話す」

「あ、あんたは関係ないだろ」

佳尚は湊人に言って、彩音を見た。

「父さんに言う。若木家具工芸と仕事をするなって言う」

「しつこいな」

湊人が忌々しげにつぶやいたとき、「勝手にしなさい！」という男性の太い声が、ショールームのほうから聞こえてきた。彩音が首を動かすと、父が肩を怒らせながら、のしのしと歩いてくるのが見える。

「お父さん！」

「彩音、心配するな」

父は彩音に声をかけると、湊人をチラリと見てから佳尚に体を向けた。背は佳尚と変わらないが、肩幅が広く、職人気質で気難しそうに見える父が、佳尚にぐっと顔を近づける。

「君の言葉、しっかりと聞かせてもらったぞ。山野辺社長には私から厳重に抗議させてもらおう。山野辺社長が一人息子に頼まれたからと言って、うちとの取引を脅しに使って、娘を無理やり君と交際させせようとするような方ではないと信じてはいるが、仮にそうなった場合、そんな会社との仕事はこちらからお断りする」

佳尚は父から彩音へと目をきょろきょろ動かしたが、突然、「うわあぁっ」と声を上げながら歩道のほうへ駆け出して行った。

「情けないな、謝りもせずに」

父はその背中を呆れたまなざしで見送ったが、すぐに湊人に向き直った。

「ええと、スプリーム・ホテルズの神山副社長でしょうか？」

「はい。神山湊人と申します」

湊人は彩音の肩から手を離して、礼儀正しくお辞儀をした。

「若木家具工芸株式会社社長の若木太一郎《たいちろう》と言います。娘を助けていただき、ありがとうございました」

「いえ、私では力不足だったようです」

湊人は小さく頭を下げた。

「そんなことはありません。ご挨拶しようと思って降りてきたのですが、まさか山野辺くんが来てたなんて思ってもみませんでしたから。副社長がいてくださって、娘も心強かったと思いますよ」

父に視線を送られ、彩音は湊人にうなずいた。湊人は表情を緩める。

「お役に立てたならよかったです」

「こちらこそご迷惑をおかけして申し訳ありません。山野辺社長は仕事のできる人ではあるのですが、年を取ってから生まれた一人息子の彼を、甘やかしすぎたようで」

「そのようですね。もしこのことで困ったことになりましたら、私が責任を取ります」

湊人が真剣な口調で言ったが、父は軽く右手を振った。

「お気遣い痛み入ります。ですが、大丈夫でしょう。山野辺とは持ちつ持たれつの関係ですから。あちらもそう簡単にうちを切り捨てたりしないと思います」

「お父さん、ごめんね」

父は彩音の言葉にも軽く右手を振る。

「大丈夫だ。今日のことは父さんから山野辺社長にしっかり伝えておくから、彩音はもう気にしなくていい」

「ありがとう」

「それより、彩音は本当に神山副社長と……？」

父が探るように彩音を見た。目が輝き、顔には期待感がにじんでいる。父にとって見どころのある男性と彩音が一緒にいるときに、ときどき見せる表情だ。

彩音はすばやくたしなめるように言う。

「お父さん、それは神山副社長に失礼だよ」

「そうなのか？　お似合いなのに」

父が残念そうに湊人に視線を送り、湊人はにっこり笑った。

「私は本当にそうだったらいいなと思っていますが」

彼の言葉を聞いて彩音は目を丸くした。

（さすが、女性慣れしてるだけのことはある。社交辞令も一味違うなぁ）

「お父さんまで社交辞令を真に受けて、これ以上神山副社長に迷惑かけないでよね」

「『お父さんまで』って？」

父が怪訝そうな声を出した。彩音は自分も社交辞令を真に受けそうになったことがあるのを気恥ずかしく思いながらも、すばやく話題を変える。

「そ、そんなことより、スプリーム・ホテルズの部屋のインテリアリフォームを五室もご依頼いただいたんだよ」

「おお！　それはありがとうございます」

父が右手を差し出し、その手を湊人が握った。

「こちらこそ、お引き受けいただきありがたく思っています」

「では、そのお祝いとして、三人で一緒に一杯、今からいかがですかな。近くにうまい料理を出す居酒屋がありましてね」

父が口元でグラスをクイッと傾ける仕草をした。

「お父さん！」

彩音は止めたが、湊人は「ぜひ」と答えた。

「おお、副社長さんは話がわかる人のようですね。彩音も行けるだろう？」

父に話を振られて、彩音は手持ちの仕事を思い出しながら答える。

「まあ……大丈夫だけど」

「それなら決まりだな。では、副社長、準備をしてきますので、少々お待ちくださいね」

父は言うなりそそくさと店内に戻っていった。残っている業務を高速で片づけるか、そのまま放置して荷物だけ持って出てくるつもりだろう。

彩音はため息をのみ込んで、湊人に言う。

「副社長、無理してお付き合いいただかなくて大丈夫ですよ。父には私からうまく言っておきますから」

「無理どころか、誘われて光栄に思っているよ。ちょうど君を食事に誘おうとしてたところだったから」

湊人の言葉を聞いて、彩音は佳尚が現れる直前、湊人に食事に誘われていたことを思い出した。

「あっ、そうでしたね。契約を結べたお祝いにっておっしゃってましたものね。あの、副社長は今日はお車でお越しですか？」

「ああ。だが、近くのコインパーキングに駐《と》めて明日取りに来るよ」

「でしたら、このまま弊社の駐車場に駐めておいてください」

「ありがとう、お言葉に甘えてそうさせてもらおう」

彩音が湊人と話していると、バッグを持った父が自動ドアから出てきて、いそいそと近づいてくる。どうやら業務は放置してきたようだ。

「いやー、お待たせしました」

父が戻ってきたので、今度は彩音がオフィスに戻った。兄に戸締まりを頼み、バッグを持って二人に合流する。

「それでは、ご案内しますよ。こちらへどうぞ」

父が先頭に立って歩道を歩きはじめた。彩音は父の背中に声をかける。

「戸締まりはお兄ちゃんに頼んだよ」

「ああ、ありがとう」

父は答えてから、肩越しに湊人を見る。

「彩音の兄の征一郎《せいいちろう》は副社長なんですよ。今、三十一歳なのですが、もしかして神山副社長もそのくらいですかな？」

「同い年ですね」

「おお、それは！　末永くお付き合いしていただけるとありがたいですなぁ」

「こちらこそお願いしたいです」

湊人はさらりと返したが、父が湊人との距離をぐいぐい詰めていこうとするので、彩音はなんだか申し訳なく感じた。

少し歩道を歩いて横断歩道を渡ると、商店街の外れにある居酒屋に着いた。色褪《いろあ》せた紺色の暖《の》簾《れん》に〝居酒屋ほしな〟と書かれている。

シャッターが下りたままになっている店もチラホラある小さな商店街で、父が行きつけにしているこの居酒屋は、父より少し年上の保科《ほしな》夫妻が営んでいる。

「こんばんは～」

父が暖簾をくぐって横引きの扉をカラカラと開けた。

「いらっしゃい！」

カウンター席が八席と四人掛けのテーブル席が三つあるこぢんまりとした店内から、大将が威勢のいい声で迎えてくれた。父と同じようにがっしりした体格だが、頭髪はかなり薄く、いつもと同じように首にタオルをかけている。数年前に足を悪くして以来、大将は椅子に座って料理をしている。

「こんばんは」

彩音が会釈をすると、大将の隣で割烹着《かっぽうぎ》姿のふくよかな女将《おかみ》が笑顔になった。

「あらあら、今日は彩音ちゃんも来てくれたのね。それで、そちらのイケメンさんは、もしかして？」

女将が湊人に意味ありげな視線を向けるので、彩音はあわてて右手を振った。

「違いますよ、取引先の方です！」

「え～っ、それだけ？」

「それだけですっ」

彩音のきっぱりした口調を聞いて、女将は残念そうな声を出す。

「なぁんだぁ。彩音ちゃんが初めて男の人を連れてきたから、てっきり彩音ちゃんのいい人なのかと思ったのに」

彩音は小声で湊人に謝った。

「ごめんなさい、父に続いて女将さんにまで誤解されてしまって」

湊人は彩音の耳元に唇を寄せてささやく。

「構わない。むしろ、君が初めてここに連れてきた男になれて光栄だ」

彩音は目を丸くして彼を見た。

(この人ってどうしてこういうセリフがスラスラ出てくるんだろう!)

彩音がなにも言わないからか、湊人は不思議そうに首を傾げる。

「なに?」

「なんでもありません」

「気になるな」

「気にしないでください」

彩音と湊人がそんなやりとりをしている間に、父は奥の四人掛けの席に座った。客はほかに、カウンター席に男性が四人座っているだけだ。

「おーい、二人とも」

父に手招きされて、彩音は父の隣に座り、湊人は父の向かい側に腰を下ろした。

女将が差し出したお手拭きを受け取りながら、父が言う。

「私はビールにしよう」

「では、私もビールで」

湊人が壁に貼られたメニューをチラリと見て言った。

「私はレモンサワーをお願いします」

彩音の言葉が終わると、父は嬉しそうに笑いながら湊人と彩音を見る。

「今日はめでたいことがあったから、私がおごりますよ。なんでも好きなものを頼んでください」

そう言っておきながら、父は「枝豆とだし巻き卵、しらすのサラダ、アジのなめろう、牛すじ煮込み……」と次々に注文を始める。

「副社長も頼んでくださいね」

彩音は湊人に言ったが、彼は穏やかに微笑んで答える。

「社長のお勧めの店ですから、社長にお任せします」

「うん、この店に関しては、私に任せてもらえば間違いないよ」

父が「わはは」と笑い、彩音は父の肘を小突く。

「お父さん、取引先の副社長さんだよ」

「あっ、そうだったな。つい征一郎に接するようにしてしまった。すみません」

父は後頭部をかきながらきまり悪そうに笑った。

「せっかくの楽しい食事の席ですし、気楽に接してくださって大丈夫ですよ」

湊人は温和な笑顔で父に言い、「彩音さんもね」と彩音を見た。彩音をまっすぐ見つめる彼の濃い茶色の瞳は、熱を帯びたように輝いている。

佳尚と対峙《たいじ》していたときにも名前で呼ばれたが、今はあのときと違って、声も少し甘く聞こえた。

(って、そんなわけないじゃない！　副社長はもともとこういう声なんだってば)

彩音は自分を戒めつつ、努めて冷静な声を出す。

「お気遣いありがとうございます」

「もっと砕けて話してくれていいんだけど」

湊人が小さく苦笑した。

「いえ、さすがにそれはできません。立場が違いすぎます」

「仕事は対等にするものだよ」

「でも、私のほうが地位も年齢も下ですし……」

彩音が遠慮すると、湊人は少し身を乗り出すようにして言う。

「俺は君と対等に付き合いたい」

その言葉を聞いた途端、彩音の頬にカァッと血が上った。

(つ、付き合う!? あ、いや、仕事上の付き合いのことよね)

彩音が動揺を抑えようとしているところに、父が言葉を挟んでくる。

「彼の言うとおりだぞ。二人の関係は対等であるべきだ。そうでなければ、お互いの本当の姿が見えてこないからな」

「そ、それはそうだけど、でも、仕事をするだけなんだから、私たちの〝本当の姿〟とか、関係ないでしょ?」

「大ありだよ。信頼できる人でなければ、仕事は任せられないし、任せてもらえない。それに関係も深められない。副社長の言葉は誠実さの表れだと思うよ」

父の言うとおりだとは思うが、それと副社長を名前で呼ぶこととは別問題だ。

彩音が困惑している間に、女将がドリンクを三つ運んできた。

「はーい、お待ちどおさま」

「ありがとう」

父がジョッキを持ち上げて彩音と湊人を見る。

「それじゃ、スプリーム・ホテルズと若木家具工芸の今後の繁栄を祈念して、乾杯しよう」

彩音と湊人もそれぞれドリンクを持った。

「乾杯」

二人とグラスを合わせて、彩音はレモンサワーを口に含んだ。冷たくさっぱりしたアルコールが喉を通り、人心地ついて大きく息を吐き出す。

海外から帰ってきてずっとバタバタしていたので、ようやく落ち着いた気がする。

「さあ、どうぞ。ゆっくり食べてね」

すぐに女将が料理をいくつか運んできた。そのタイミングで店の扉が開き、中高年の男性が七人入ってくる。近所にある小さな印刷所の所長と社員たちだ。

「おや、若木さんたちも来てましたか」

父や彩音とは顔見知りのため、彼らは二人に会釈をした後、湊人にチラリと視線を向けた。しかし、なにか言うことなく、いつものとおり、空いていたテーブル席を二つくっつけた。そうして七人で座れるように椅子を並べてから、女将に片手を上げる。

「女将さん、大ジョッキ七つね！」

続いて七人から次々に料理の注文が入り、女将が大将の後ろでパタパタと動き回る。

「彩音ちゃん、ごめん」

大将が顔の前で片手を立てて彩音を見た。

「料理もらってきますね」

彩音は父と湊人に声をかけて席を立った。

この店には、父に連れられて子どもの頃から来ているため、保科夫妻との付き合いは長い。大将の足のこともあって、店が混んできたら自然と手伝うようになっていた。

「俺も行こう」

彩音に続いて湊人も立ち上がった。

「ありがとうございます」

二人でカウンターに近づくと、カウンターの向こうから大将がしらすのサラダとアジのなめろうを盛った皿を差し出した。

「ありがとう、助かるよ」

「こちらこそ、いつもおいしい料理をありがとうございます」

彩音は両手で皿を受け取った。

「お兄さんもありがとう」

大将が牛すじ煮込みと冷ややっこの皿を差し出し、湊人が受け取る。

「どういたしまして」

そうして二人で何度かカウンターとテーブル席を往復している間に、父はビールを半分ほど飲んでいた。

「もう、お父さんってば一人で飲んじゃって」

「ははは、すまんすまん。彩音を働かせすぎだな」

父はバツが悪そうに後頭部をかいた。

「それを言うなら、お父さんのほうが働きすぎだよ。工房に住み込んでるんだから」

彩音は座りながら言った。同じく席に着いた湊人が父に問う。

「工房は本社の近くにあるんですよね？」

「ああ。家にいるよりも道具を握っているほうが落ち着くからな」

父の言葉を聞いて、彩音は口を尖《とが》らせる。

「たまには家に帰ってゆっくり休んでよね」

「彩音は母さんみたいなことを言うようになったな」

父は少し寂しげに笑ってから、湊人に顔を向けた。

「妻はずっと副社長を務めてくれていたんだが、五年前に病気で亡くなってね……」

「それは……とても寂しいですね」

湊人がいたわりのこもった口調で言った。

「ああ。いまだに信じられないよ……」

父はゴクリとビールを飲んでから、ハッとしたように笑みを作った。

「いやぁ、すまないね。楽しく飲むはずが」

「大丈夫ですよ。お話、聞かせてください」

湊人が柔らかく微笑み、父はしみじみと言う。

「山野辺くんを相手にしているときも思ったが、君はなかなかいい男だね」

「お褒めにあずかり光栄です」

「君のような優しい男なら……」

父はもの言いたげな目を彩音に向けた。彩音は牽制《けんせい》するように言葉をはさむ。

「お父さん！」

父はため息をついた。その顔はアルコールが回ってきたらしく、ほんのり赤くなっている。

「彩音こそ働きすぎなんだ。おまけに私のことまで気にかけて。私は工房でほかの職人たちと楽しく仕事をしているんだから、彩音は自分のことだけ考えてくれればいいのに」

「もう、楽しく飲むんでしょ。お小言はやめてよね」

「小言だなんて。父さんは彩音のことを心配してだなぁ。だって、ほら、おまえは征一郎のことが大好きだっただろう？」

父がなにを言おうとしているのかわからず、彩音は身構えながら父を見た。父はジョッキを置いて話を続ける。

「小さい頃は征一郎の行くとこ行くとこついて回って。征一郎と同じく、公園で駆けまわったりサッカーをしたり。小学校の運動会では、兄妹一緒に応援団で活躍したこともあったなぁ。あれは誇らしかった」

「彩音さんは昔から活発だったんですね」

湊人が微笑みながら言った。彩音は照れくさくなって、顔をしかめてドリンクをゴクゴクと飲む。

「そうなんだよ」

父は誇らしげに湊人に言ってから、娘に顔を向けた。

「彩音が征一郎の後を追って若木家具工芸に入社してくれて、本当に嬉しかったよ。その征一郎は、今じゃ結婚を前提に同棲《どうせい》してて、愛する人と幸せになろうとしている。同じように、彩音にもそろそろ自分の幸せを考えてほしいんだよ」

父に心配をかけていることを申し訳なく思うと同時に、胸が疼くような痛みを思い出し、彩音は目を伏せた。

彩音自身、信じて心を預けられる人と幸せになりたいと思ったこともあった。

けれど、それは叶わなかった。

そしてその理由は説明できないし、説明したくもない。

そんなやり場のない思いをごまかすように、彩音はわざとおどけた口調で言う。

「ちょっとぉ、お父さんってば、私をブラコンみたいに言わないでよ。確かにお兄ちゃんのことは尊敬してて今でも好きだけど、私はお兄ちゃんと恋人の美優《みゆ》さんの幸せを心から願ってるんだよ。それに、私は仕事が大好きだから、このまず～っと仕事のことだけ考えて、一人で生きていくつもりなの」

胸の痛みが治まらず、彩音は気持ちを落ち着かせようと大きく息を吐き出した。同じように父が深く息を吐く。

「はぁ。おまえがやりたがるから、海外の工房と取引を始めて買い付けを任せたが……それが裏目に出たようだな。こんなにも仕事にのめり込むなんて」

「そんなふうに言わないでよ」

「言いたくもなる。心配する父さんの気持ちもわかってくれ」

「わかってるよ」

「そうは思わん」

「わかってるってば」

「わかっとらん」

話が堂々巡りになり、父と娘の間に気まずい空気が漂った。そのとき、湊人が何気ない口調で言葉を挟む。

「ということは、私が彩音さんと出会えたのは、お父さんのおかげだったんですね」

「それはどういうことだね？」

父が不思議そうに湊人を見た。湊人は微笑んで答える。

「彩音さんが買い付けに来ていた工房に、たまたま私が観光で立ち寄ったんです」

「ほう」

「そのときに工房の職人と熱心に話す姿や、職人の娘さんに接する姿を見て、ステキな方だと思いました」

湊人の言葉を聞いて、父はたちまち上機嫌になった。

「おお！　それはまさしく運命的な出会いだったんだねぇ」

「本当にそう思いました」

「彩音のようないい子にこれまで出会いがなかったのは、君と出会うためだったんだな」

「私のことを待っていてくれたようで嬉しいです」

（副社長、そこまで話を合わせてくれなくても……）

彩音は申し訳なさと恥ずかしさでいっぱいになる。

湊人のおかげでテーブルの雰囲気はよくなったが、父がいらぬ期待を抱きはじめているのは、間違いなかった。

「お父さん、副社長を困らせないで」

彩音は小声で父をたしなめた。

「困らせてなどいないぞ？　むしろおまえのいいところをわかってくれていて、父さんとしては嬉しい限りだ」

父は彩音に言ってから、うきうきした様子で湊人に顔を向ける。

「見た目のとおり、彩音は気遣いができて優しくてね。妻が亡くなった後、会社も工房もすべて投げ出して飲んだくれていた私を、ときに叱咤《しった》しながら支えてくれたんだ。そんな彩音の姿を見て征一郎も副社長となって奮起してくれてね……。今の我が社があるのは彩音のおかげだよ」

「そんなことないよ。工房のみんなが、お父さんが立ち直るのを待っててくれたからだよ」

湊人の前でべた褒めされ、彩音は気恥ずかしくて言葉を挟んだ。父は首を左右に振る。

「父さんは知ってるぞ。不安になっている職人たちのところに征一郎を連れて行って、『絶対に会社は存続させますので、父が不在でも仕事はこれまでどおり続けてくれませんか』って、兄妹で頭を下げてくれたじゃないか。あれで職人たちがみんな残ってくれた。おかげで父さんは、おじいちゃんから継いだ会社を潰さずに済んだんだ。家具作りが好きだって気持ちも、取り戻せたしな。それもこれも、全部彩音がいてくれたからだ」

「彩音さんは優しいだけじゃなく、責任感も強くて行動力もあるんですね」

湊人の言葉を聞いて、父は胸を張る。

「そうなんだよ！　彩音は小さい頃から思いやりがあってね」

父が娘自慢を続けようとするので、彩音はどうにか止めようとする。

「お父さん、そのくらいでやめて。もう本当に恥ずかしいから」

彩音は父のシャツの肘を引っ張った。父は少し首を傾げて彩音を見る。

「そうかな。副社長も彩音の話を聞きたいと思うぞ？」

「お父さんの言うとおりです」

すかさず湊人が言葉を挟み、彩音は目を見開いた。彼はにっこり笑って見せる。

（お父さんは社交辞令が通じないんだから、そんな笑顔にならないでよ……）

そう思う彩音の隣で、父は得意げに口を開く。

「それじゃ、彩音が五歳だった頃の話を聞かせてあげよう。あれはうららかな春の日。信号のない横断歩道の手前に、道を渡れずに困っていたおばあさんがいてね。彩音は『おばあちゃん、どうしたの？』って声をかけたんだ。おばあさんが『向こうに渡りたいんだけど、車が停《と》まってくれなくてねぇ』と答えたんでね、彩音は大きく手を上げて車を停めた後、おばあさんと一緒に横断歩道を渡ってあげたんだ。優しいだろう？」

「本当にそうですね」

湊人の相槌《あいづち》に気をよくして、父は恥ずかしげもなく自慢話を続ける。

「彩音の優しさを示すエピソードはほかにもたくさんあってだね……」

お酒が入った父は、いつにもまして饒舌《じょうぜつ》だ。こうなってしまっては、もう止めようがない。遠慮会釈なく語り続けるだろう。

（副社長、ごめんなさい……）

彩音は心の中で詫《わ》びながら、酔っ払いに絡まれてしまった湊人を見た。けれど、彼は熱心に父の話に耳を傾けている。まるで彩音のことに本当に興味があるかのようだ。

（まさか、ね……）

そう思いながらも、心がくすぐったい。自然とこみ上げる笑みをごまかすように、彩音は小エビの唐揚げを口に入れた。

そうして半ば父の独擅場《どくせんじょう》になっていた食事会は終わった。

終わったのだが……。

「いやぁ、すまないねぇ」

まさに千鳥足といった表現がぴったりの足取りで歩く父を、湊人が右側から支えてくれる。

「大丈夫ですか？」

「大丈夫だよ。楽しくて飲みすぎてしまっただけだからね」

父は「わっはっは」と大きな声で笑ったが、その拍子によろけそうになる。

「お父さん！」

彩音はあわてて父を左側から支えた。

「いやはや、面目ない」

「もう、ほんとに飲みすぎだよ～」

彩音はため息をついてから、湊人に声をかける。

「副社長、すみません。お手を煩《わずら》わせてしまって」

「気にしないでくれ」

湊人がにこりと笑った。彼は父に付き合ってかなり飲んだはずだが、ほとんど顔色は変わっていない。

かなりお酒に強いのだろう。

彩音は湊人と一緒に父を支えながら、本社の裏道に入った。そのままアスファルトの道を歩いて、二階建ての古い工房に到着した。けれど、父が泊まりこんでいる二階には、外階段を上らなければならない。

「彩音さん、先に二階に行って鍵を開けてくれないか？　俺がお父さんを支えながら上るから」

「すみません」

彩音は言われたとおり先に階段を上って、鍵を開けて明かりをつけた。ドアを押さえて待っていると、湊人が父の腕を肩にかけて階段を上ってくる。

「足元に気をつけてください」

彩音がドアを押さえている間に、湊人は父を支えながら中に入った。彩音はドアを閉めて二人に続く。

工房の二階は、日中、職人たちが休憩室として使っているが、夜間の今は誰もいない。

冷蔵庫やガスコンロのある板間を抜けて、一段高い場所にある畳の間に父を座らせてもらった。

父がそのままごろりと横になったので、彩音はあわてて声をかける。

「お父さん、布団を敷くからちょっと待って！」

彩音はパンプスを脱いで畳に上がり、バッグを置いて押入れを開けた。たまに遅くなってここに泊まる職人もいるので、押入れには布団が数組入っている。

「手伝うよ」

湊人が一番上に積まれていた布団を下ろして広げてくれた。

「ありがとうございます」

彩音は湊人に礼を言って、父の肩を揺する。

「お父さん、ちゃんと布団で寝てってば」

父は「うーん」と唸《うな》るような声を出して畳をごろんと転がり、布団の上で斜めになった。

「もう、だらしないなぁ」

彩音は呆れながらも、父に肌布団をかけた。

「やっぱり家の布団はいいなぁ」

父は目を閉じたまま体を丸めた。

「ここは家じゃなくて工房の二階だよ」

彩音は反射的に答えたが、父がなにも言わないので、両膝をついて父の顔を覗き込んだ。父は眉を寄せてぼそりとつぶやく。

「ああ……そうか」

「そうだよ。ほんとは家に連れて帰ろうとしたのに、お父さんが嫌がるから……」

「家は嫌なんだ。母さんが……菜音子《なおこ》がいないから」

「やっぱり……そうだったんだ」

母が死んで以来、父は家に帰らず工房で寝泊まりしている。

仕事が忙しいとか、新人の面倒を見る必要があるとか、いろいろ理由をつけていたが、本当は母がいなくなった家に帰りたくないのだろうと、うすうす気づいてはいた。

「でも、私だって寂しいんだよ」

思わず本音がこぼれ、彩音は唇を結んだ。父はすでに眠ったらしく、規則正しい寝息の音が聞こえる。

(なに言ってるんだろ。お酒のせいで弱気になったみたい)

彩音は小さく息を吐いて、肌布団を父の肩の上まで引き上げた。その右手に、温かく大きな手が重ねられる。

ハッとして右側を見たら、湊人が膝をついて彩音を見つめていた。その濃い茶色の瞳は優しそうだが、どこか切なげだ。

「俺がいる」

「えっ」

「君が寂しいとき、そばにいる」

右手を握りこまれて彼との距離が縮まり、彩音の心臓が大きく跳ねた。

「寂しいときだけじゃなくて、いつでも」

湊人の顔が目の前に迫って、ドキン、ドキンと鼓動が頭にまで響く。

「あ、あの」

彩音はとっさに立ち上がった。その勢いで、湊人の手が離れる。

「今日は本当にありがとうございました。食事に付き合っていただいただけでなく、父をここまで連れてきてくださって。もう遅いですから、タクシーをお呼びします。あ、でも、もしかしたら、流しのタクシーがあるかも」

彩音は言うやいなや、パンプスを履いて出入り口に急いだ。ドアを開けて外に出て、大きく息を吐く。外の空気を吸えば鼓動が落ち着くかと思ったが、湿気を含んだ六月の空気では息苦しさが増しただけだった。

彩音はタクシーを探すフリをして、きょろきょろ視線を動かす。

「君はどうするんだ？」

和室のほうから湊人の声が聞こえてきた。

「私は父が心配なので、ここに泊まります」

「だったら、タクシーは自分のアプリで呼ぶよ」

湊人の声が近づいてきて、振り向いたら彼がすぐ近くにいた。彩音は焦って、彼と距離を取るように一歩下がる。

「きゃっ」

その拍子にパンプスのかかとが段を踏み外し、よろけたところを腕をぐっと掴まれた。

「危ない！」

湊人のほうに引き寄せられ、頬に彼の胸が触れる。布越しでも筋肉質なのがわかって、苦しいくらいに鼓動が激しく打つ。

「あの、ほんとに、すみません。もう、離して、ください」

彩音はうつむき、あえぐように言葉を発した。

「彩音さん？」

湊人が彩音の顔を覗き込もうとしているのがわかるが、彩音は頑《かたく》なに下を向く。

「もう、大丈夫、です」

「……君が無事なら、よかった」

湊人は低い声で言って、彩音の腕から手を離した。

「タクシーが来るまで、中で待っていただいても」

彩音はうつむいたまま言った。

「いや、酔いを醒《さ》ましたいから、外で待つよ」

「……どうぞお気をつけて」

「ああ」

湊人はゆっくりと階段を下りはじめたが、数段下りたところで振り返って彩音を見上げた。

「来週の打ち合わせの件は、月曜日に連絡する」

「はい」

「君はもう中に入って」

「わかりました。おやすみなさい」

「ああ、おやすみ」

湊人が軽く右手を上げた。彩音はぺこりと頭を下げて、中に入る。振り返ると、ドアが閉まる直前、湊人が口元をかすかに歪めたのが見えた。

パタンとドアが閉まり、彩音は深呼吸を繰り返す。けれど、何度息を吸って吐いても、彩音の心臓はいつまでも大きく音を立てていた……。

あのときにはもう、湊人に惹かれていたのだ。

仕事中は意識しないようにしていたけれど、そばにいたら忘れられるはずがない。

(もう依頼された仕事は終わったから、彼に会うことはなくなる。そうすれば、きっといつか忘れられるよね……)

元カレに傷つけられて、みじめでつらい日々を過ごしたけれど、それでも、時とともに彼への想いを忘れたように。

いつの間にか目に涙がたまっていた。それを洗い流そうと、彩音はシャワーのレバーを持ち上げた。

第四章　心を明かしたとき

翌週の月曜日、彩音は湊人のことを頭から締め出し、普段どおりに業務に集中しようと決意を固めながら出社した。

午前中は、商店街で行われるイベントのための会場のコーディネートを相談され、営業社員と一緒に商店会の担当者に会ってきた。十二時前にオフィスに戻ると、父が社長席で誰かと電話で話している。

「わかりました。戻り次第、連絡させていただきます。では、失礼いたします」

父は満足そうな表情で受話器を置いた。オフィスを見回し、彩音に気づいて声をかける。

「チーフ、戻ってきてたのか。ちょっと来てくれるかい？」

いくら家族経営の会社とはいえ、社内では父からも兄からも肩書きで呼ばれている。彩音も仕事中は彼らに敬語を使う。

「はい」

壁際のシマにある自分のデスクにバッグを置いて、窓を背にした父のデスクに近づいた。高級感のある木目が美しいマホガニー材のデスクだ。

デスクに見とれそうになる目を父に向けた。父の表情はいつになく明るい。

「さっき神山副社長から電話があったんだ」

湊人の名前を聞いて、彼と過ごした濃密な夜の記憶が蘇りそうになり、彩音は一度目をギュッとつぶってから口を開く。

「スプリーム・ホテル品川の件ですか？」

「ああ。大変満足してくださっている」

「それはよかったです」

何度も打ち合わせを重ねて、イメージに合う家具を職人に発注し、仕上がりを待ってコーディネートを完成させた。担当した職人それぞれの感性を尊重してくれたことで、職人の間でも湊人への評価はとても高かった。

(顧客としてはこれ以上ないくらいありがたい存在だった)

そう思ったとき、父が同じようなことを言う。

「これ以上ないくらいありがたい上客だ」

「そうですね」

「なんと、今度は奥多摩《おくたま》にあるペンションのインテリアリフォームを依頼してくださったんだ」

「えっ」

（品川の仕事が終わったから、もう彼とかかわることはないと思ってたのに……）

彩音は動揺しそうになるのを、どうにかこらえて声を発する。

「我が社にとっては嬉しいお話ですね」

「ああ。正確にはスプリーム・ホテル・グループではなく、リファーラル契約をしているペンションなんだそうだ」

リファーラル契約はフランチャイズ契約と似ているが、ペンションのオーナーはスプリーム・ホテルズから営業やノウハウのサポートを受けながらも、独自のブランド名でペンションを経営することができる。

「それで、副社長と連絡を取って、打ち合わせの日時を決めてくれないか？」

「でしたら、今回は私の次に経験の長い木本《きもと》さんにお願いしようと思います」

彩音は二年後輩の男性社員の名前を挙げたが、父は首を横に振った。

「いや、副社長は品川の部屋をとても気に入ったみたいでな。今回もぜひにとチーフを指名してくれたんだ」

「ええっ」

愕然《がくぜん》とする彩音に対し、父は機嫌よく笑って言う。

「ははは、驚くのもわかるが、彩音がそれだけしっかりいい仕事をしたということだ。コーディネーター冥利に尽きるな。今回もクライアントのご希望に沿うようよろしく頼むよ」

「ちょ、ちょっと待ってください。私、ほかにも担当している案件があって」

彩音はあわてて言葉を挟んだ。

「それはわかるが、ほかならぬ副社長のご指名だ。うまくスケジュールをやりくりしてくれ」

話は終わり、とばかりに、父は視線をパソコンに移した。彩音は下唇を噛んで、自分のデスクに戻る。

湊人とかかわらなければ、彼のことを忘れられると思ったのに、また一緒に仕事をしなければいけないなんて。

（それにしても、副社長は私の携帯番号を知ってるのに、どうして父にかけてきたんだろう……）

彩音は不思議に思いながらも、これまで連絡していたときのように、スマホで湊人の番号に電話をかけた。

三回目の呼び出し音の後、彼の声が聞こえてくる。

『やあ。もう帰社したのか？　それとも出先からかけてくれたのかな？』

これまでどおり気さくで、二人の間に気まずいことなどなにもなかったかのような口調だ。

対する彩音は事務的に答える。

「父からお電話をいただいたと聞きました」

『ああ。また君に会いたかったから』

甘さのにじんだ声で言われて、彩音は頬が熱くなるのを感じたが、平静を装う。

「ご依頼いただきありがとうございます。ご指名をいただきましたが、今回は別の者が担当させていただきたいのですが」

『なぜだ？』

「なぜって、だってあんな……！」

ことがあったのに、と言いそうになり、あわてて言葉を切った。咳払いをして話を続ける。

「失礼いたしました。私の次に経験の長い社員ですし、責任をもって対応させていただきます。きっとご満足いただける結果になるかと」

『いや、君じゃなきゃ満足できないな』

は⁉　と大きな声を出しそうになり、あわてて言葉をのみ込んだ。

「どういう意味でしょうか？」

警戒するように低い声で問うと、思いもよらず厳しい口調が返ってくる。

『そのままだ。君の仕事ぶりに感銘を受けた。品川の仕上がりに満足している。君なら今度もいい仕事をしてくれるとわかっているのに、どうしてまた一から別の社員に説明するという不便を強いられなくちゃならないんだ？　その人間と信頼関係を築けるかもわからないのに？　築けるとしても時間がかかるかもしれないのに？』

次々に疑問を投げかけられて、彩音は唇を引き結んだ。

確かに彼の言うとおりだ。

彩音は覚悟を決めて口を開く。

「申し訳ありません。今回も私が担当させていただきます」

『ありがとう。よろしく頼む』

「それで、打ち合わせはいつがよろしいですか?」

『直接現地を見てほしいんだが、片道一時間半ほどかかる。申し訳ないが、金曜の午後、時間をもらえないだろうか?』

「一時以降でしたら、いつでも大丈夫です」

彩音はスケジュールを確認してから答えた。

『ありがとう。それなら一時にそちらに迎えに行く。ペンションの詳細はメールで送るよ』

「よろしくお願いします」

彩音は改めて礼を述べて受話器を置いた。覚悟を決めたとはいえ、ため息をこらえることはできなかった。


そうして迎えた金曜日。午前中はそわそわして落ち着かないまま、必要な業務をこなした。

十二時五十分になって二階のオフィスの窓から外を覗いたら、駐車場に湊人の黒のＳＵＶが駐まっているのが見えた。

（もう来てたんだ）

彩音はすばやくデスクを片付けると、ホワイトボードのネームプレートを〝外出中〟に移動させた。

「スプリーム・ホテルズとの打ち合わせに行ってきます」

バッグを肩にかけてドアに向かうと、父の声が聞こえてきた。

「今日は直帰してくれて構わないよ」

打ち合わせを終えてペンションから戻ってくる頃には、終業時間を過ぎているかもしれないが、まだやりたい仕事もある。

「打ち合わせが終わったときにどうするか考えます」

「そうか。まあ、こっちのことは気にせず、ゆっくりしておいで」

父の言葉に彩音は首を傾げた。

（ゆっくり物件を見てきていいってことかな？）

彩音は「はい」と返事をして、階段で一階に下りた。裏口のドアから出て表の駐車場に回ると、湊人が気づいて運転席から降りてきた。

「お待たせしてしまいましたか？」

彩音が近づきながら言うと、湊人は助手席のドアを開けて答える。

「いや。今来たところだ。どうぞ、乗って」

紳士的な振る舞いで甘い笑みを向けられて、胸が切なくトクンと音を立てた。彩音はバッグの持ち手をギュッと握って気持ちを立て直す。

「ありがとうございます」

平静を装って助手席に乗り込んだが、彼の車に乗るのは初めてで、ドキドキする。

ゆったりした座席はスタイリッシュなカーボンブラックのレザーシート。フロアには分厚く豪華なカーペットが敷かれていて、インテリアには高級感がある。

彩音がシートベルトを締めている間に湊人が運転席に座った。

「彩音、今日一緒に――」

金曜の夜のように名前を呼ばれて、彩音は「副社長」と言葉を挟んだ。

「土曜日にお伝えしたとおり、私たちの関係は終わったんですから、肩書きで呼んでください」

湊人は右手を顎に当てて首を傾げる。

「俺たちの関係は終わってないはずだが？」

「終わりました。そう申し上げました」

彩音はキッと湊人を見た。目が合った彼が片方の口角をわずかに引き上げる。

「またこうして仕事を依頼して引き受けてくれた以上、終わりにはならない」

「えっ」

「あのとき君は『私たちのプロジェクトは終わりました。私たちの関係も終わりです』と言ったんだ。つまり、次のプロジェクトがあるってことは、俺たちの関係も終わってないってことだ」

「それって屁理屈《へりくつ》じゃないですか？」

「君のほうこそ屁理屈だ」

湊人が半分怒りながらも笑っているような表情を作った。彩音は下唇をキュッと噛む。

（だって、まさかまた仕事を依頼されるとは思ってなかったから……！）

彩音は少し考えてから言葉を発する。

「私の仕事を気に入って、またこうしてご依頼いただいたことは嬉しく思います。ですので、これからも前回のプロジェクトの間と同様、いい仕事ができるようにただのビジネスパートナーの関係でいましょう」

「ビジネスパートナー以上の関係になっても、いい仕事ができるはずだ」

「そんなことはありえません」

「なぜだ？　俺が君に夢中になって仕事が手につかなくなるから？　それとも君が俺に夢中になりすぎてしまう？」

湊人がニヤリと笑い、彩音はふいっと視線を逸《そ》らした。

「私は副社長とビジネスパートナー以上の関係になりたくありません」

「どうして？　俺のことが嫌いなのか？　そんなことはないと思ってるんだが」

「大した自信ですね」

彩音は横目で運転席を睨《にら》んだ。湊人は真顔になって言う。

「じゃあ、嫌いなのか？」

本心を見抜こうとするかのように目を覗き込まれて、彩音は視線を膝の上に落とした。

「尊敬してます。それだけです」

「つまり、恋愛対象じゃないと？」

「はい」

「彩音」

「ですから、名前で呼ばないでくださいと――」

言ったじゃないですか、と言おうとしたとき、湊人の手が彩音の顎に触れた。そのまま顎を掴まれ、強引に彼のほうを向かされる。目が合った彼は、切なそうな表情をしていた。

「俺は君を無理やり抱いてしまったのか？」

傷ついたような声で彼が言い、彩音の胸がズキンと痛んだ。

「そんな……ことはありません。ただ……私が傷つきたくないだけなんです」

「俺が君を傷つけると思っているのか？」

「そうではなく……あの、副社長のそばにはきれいな女性がたくさんいますし……」

「たくさん？」

湊人は怪訝そうな声を出した。

「はい。ネットニュースで見ました。モデルさんや作家さんとか……」

「ああ、彼女たちとは付き合ってない」

湊人はきっぱりと言った。

(付き合ってないって……じゃあ、体だけの関係、つまりセフレってこと……?)

彩音は小さく息を吐いた。

「副社長、この話は終わりにしましょう。片道一時間半かかるんですから、そろそろ出発してください」

「嫌だ。うやむやにはしたくない」

「出発しないなら、今日は打ち合わせには行かないということでよろしいでしょうか」

彩音は疑問というより断定の口調で言って、ドアハンドルに手をかけた。

「わかった」

湊人の低い声が聞こえて、彩音はドアハンドルから手を放した。運転席をチラリと見ると、彼は不満そうに眉間にしわを刻んでいたが、首を軽く横に振ってシートベルトを引き出した。

「君の今の気持ちはよくわかった」

「それはよかったです」

彩音は冷めた表情をまとって、座席に背をもたせかけた。

都心環状線から高速道路を使い、インターを下りてしばらく走ると、緩やかな山道になった。上るにつれて民家や商店が減り、緑が多くなる。やがて道幅が細くなって、濃い緑色の木々の中に三階建ての木造の建物が見えてきた。クリーム色の壁に濃い茶色の三角屋根をしたかわいらしい外観だ。

「あれだ」

湊人が言って、木立で囲まれた駐車場に車を入れた。

ここまでの道すがら、彼から今回の仕事の詳細を聞いた。ペンションのオーナーは湊人の叔母夫婦、つまりスプリーム・ホテルズの現社長の妹夫妻だという。

去年、妻が手術をしたため、半年ほど休業していたそうだ。体調も落ち着いてきたので、そろそろ営業を再開しようと考えたが、昨今、外国人旅行者が増えてきたため、今の間取りを生かしたまま、外国人客にも使いやすい客室にインテリアリフォームしてほしい、というのが夫妻の要望だった。

「運転ありがとうございました」

彩音はドアを開けて外に出た。その瞬間、心地よい空気に包まれる。

東京よりも気温が低くて空気が澄んでいた。深く息を吸い込み、緑の香りを堪能する。

建物を見ると、入り口に〝フォレスト〟と書かれた木の看板が下がっていた。森の中にあるペンションにぴったりの名前だ。

「空気がうまいな」

湊人が彩音に並んで言った。

「そうですね。癒やされます」

「そうだな。それじゃ、行こうか」

湊人が促すように歩き出し、彩音も続いた。玄関ドアに続く木の階段を上ったとき、板チョコレートのような形をしたドアが開いた。

「まあまあ、遠いところをどうもありがとうございます」

五十代前半くらいの細身の女性が戸口に立って、にこやかに出迎えてくれた。優しそうな顔立ちで、ウエーブのかかった栗色《くりいろ》の髪を耳の横で一つにまとめ、白のふんわりしたブラウスにグレーのロングスカートを穿《は》いている。

「わざわざありがとうございます」

女性の後ろに五十代半ばくらいの男性が立っていた。背はあまり高くないが大柄で、どことなく彩音の父に雰囲気が似ている。パリッとした白いシャツに紺色のスラックスという格好だ。

「こんにちは」

彩音が会釈をすると、湊人が彩音に二人を紹介する。

「オーナー夫妻の朝比奈《あさひな》さんだ。叔母の麻衣子《まいこ》さんと叔父の康弘《やすひろ》さん」

「はじめまして。若木家具工芸株式会社の若木彩音と申します。本日はどうぞよろしくお願いいいたします」

彩音は二人にお辞儀をした。

「こちらこそよろしくお願いしますね」

夫妻が同時に言って、湊人と彩音を「どうぞ」と中に促す。

「お邪魔します」

彩音は入り口でスリッパに履き替えた。

「遠いところを来てくださったので、先にお茶をお出ししますね。少しゆっくりしてから、中を見てください」

「ありがとうございます。では、お言葉に甘えさせていただきます」

彩音は案内されるまま、湊人と一緒に一階のリビング・ダイニングに入った。ペンションと聞いてよくイメージするような造りの部屋で、白い壁に夏の奥多摩湖の風景写真がかかっている。壁際には三人掛けの白いソファがあり、小花柄のクッションが並んでいた。

部屋は駐車場とは反対側にあり、窓から森の景色が見えた。窓が開いていて、涼しい風がそよそよと入ってくる。

「こちらで少々お待ちくださいね」

案内された窓際の席に彩音は腰を下ろした。その隣に湊人が座る。なんで隣に……と思ったが、本来は打ち合わせなのだから、顧客と向かい合うように座るのが筋なのだろう。

湊人との間にできるだけ距離を置きたいと思うのだが、なかなか難しい。

彩音が内心ため息をついていたら、湊人がテーブルの表面を軽く撫でて言った。

「このテーブルはみんな同じデザインに見えるが、なんの木材なんだ？」

彩音はぐるりと室内を見回した。四脚あるテーブルは、どれも天然木を張り合わせて作った集成材《しゅうせいざい》が使われている。

「こちらは集成材ですね」

「集成材？」

「はい。集成材は木の節とか欠けた部分を取り除いて作られるので、天然木よりも強度や耐久性が優れているんです。それに、見た目も美しいですし、長さや幅が決まっているので、こんなふうにデザインを統一できるのが大きなメリットなんですよ」

嬉々《きき》として語る彩音を、湊人は微笑みながら見つめている。

「わかりやすい説明をありがとう。さすがは彩音さんだ」

「若木チーフです」

彩音は訂正したが、湊人はいたずらっぽく笑う。

「『前回のプロジェクトの間と同様、いい仕事ができるように』名前で呼ばせてもらうよ」

ここに来る前に彩音が言った言葉を引き合いに出されて、彩音は小さく頬を膨らませた。

「名前で呼ばなくても、いい仕事はできると思います」

「俺はできないんだ。困ったよ」

湊人はわざとらしく両手を広げて続ける。

「名前で呼ばれたら、図面を見せる気になるかもしれない」

「子どもじみたことを言わないでください」

彩音は呆れて言った。

「それぐらい必死なんだ」

湊人が切なげな表情になる。まるで心から彩音を求めているかのような。

(こんな顔を朝比奈夫妻に見られたら、私たちの関係を誤解されてしまうかも)

彩音は諦めて小声で彼を呼ぶ。

「湊人さん」

彼に言われて仕方なく口にしたはずなのに、名前を呼んだだけで胸がギュウッと締めつけられた。金曜日の夜、彼に求められて嬉しくて、何度も呼んだ。そのときの甘い切なさが蘇る。

「彩音さん？」

黙り込んでいたら、湊人に呼ばれた。彩音は細く息を吐き出して表情を繕い、努めて冷静な声を出す。

「図面を見せてください」

湊人は小さく肩をすくめて、ビジネスバッグからクリアファイルを取り出した。そこに挟まれていた図面を取り出し、彩音のほうに向ける。

「メールでも伝えたが、二階と三階に二部屋ずつ、同じ間取りで合計四室ある。奥多摩に行くには少し不便だが、宿泊客のお目当ては、板前の叔父さんの料理とパティシエールの叔母さんのスイーツなんだ」

二人の職業は初耳だった。しかも和食の料理人と洋菓子職人とは少し不思議な組み合わせな気がする。

「つまり、お二人でお料理とデザートを出されてるってことですか？」

「ああ。叔父は有名な料亭で板前をしてたんだが、洋菓子が好きでね。叔母が働いていたパティスリーに通っていたそうなんだ」

「それがお二人の馴《な》れ初《そ》めなんですね？」

「そうらしい。やがて付き合いはじめた二人は、そのうち別々の店で働くより一緒になにかしたいと考えて、ペンションで自分たちの好きな料理やデザートを出すことに決めたんだそうだ」

そこへ麻衣子がお盆を持って近づいてきた。

「数年間は二人で模索しながらやってたんですけど、二人とも料理やスイーツのことしかわからないし、ペンション経営なんてまったくの素人だったから、なかなかうまくいかなくて。それで六年ほど前に兄に相談に行ったら、一緒にいた湊人くんがリファーラル契約っていうのを教えてくれたんです。こんな目立たない場所にあっても、お客さまが来てくださるよう、ＰＲに手を尽くしてくれましたし、親身になっていろいろサポートしてくれて、すごく助かりました」

麻衣子に続いて、康弘が言う。

「私たちがこうして二人でやっていけてるのは、湊人くんのおかげなんですよ」

（そうだったんだ）

彩音は感心して湊人を見た。彼は照れくさそうに笑ってから、二人に優しい視線を向ける。

「実際に宿泊した人たちの間では、叔父さんの創作和食と叔母さんのスイーツが好評でしたから、それが世間に広まるように手伝っただけです。その証拠に、宣伝方法を変えたら、平日でもすぐに予約が埋まるようになりましたし。今でもペンションの再開を待ちわびている常連さんが多いんでしょう？」

「はい、本当にありがたいことです」

麻衣子は答えながら、テーブルに紅茶とパウンドケーキののった皿を置いた。

「こちらは抹茶とホワイトチョコレートのパウンドケーキです。お口に合うといいんですけど」

「わあ、ありがとうございます。おいしそうです」

麻衣子がパティシエールだと聞いたばかりだったが、スイーツを振る舞ってもらえるとは思ってもみなかった。

「いただきます」

彩音はさっそくフォークを取り上げた。小さく切って口に入れると、生地はしっとりしていて、ほろ苦い抹茶と濃厚なホワイトチョコレートの組み合わせが絶妙のバランスだ。

「すごくおいしいです！」

思わずはしゃいだ声を出してしまい、彩音は頰を染めた。そんな彼女を見て、麻衣子は嬉しそうに顔をほころばせる。

「人に食べてもらうのは久しぶりだから、そんなに喜んでもらえてとても嬉しいです」

麻衣子の言葉を聞きながら、彩音はチラリと湊人を見た。彼は甘い顔立ちをしているが、甘いものはあまり得意ではないということを、打ち合わせなどで食事をしたときに気づいた。

（でも、これは抹茶がほろ苦くて甘さも控えめだし、湊人さんもおいしく食べられるんじゃないかな？）

そう思ったとおり、警戒するようにゆっくりフォークを口に運んだ彼は、一口食べて目をわずかに見開いた。

「おいしいですよね？」

彩音が小声で問うと、湊人は口元を緩めた。

「ああ。ホワイトチョコレートが甘すぎなくていい。抹茶のほろ苦さとのバランスが絶妙だな」

（わ、私と同じ感想だ）

思わず「ふふっ」と笑みをこぼすと、湊人が不思議そうにする。

「なにかおかしい？」

「いえ。副社長ならそう思うだろうなって思ったとおりになったので」

「つまり、俺のことをわかってくれてるってことなんだな」

湊人が嬉しそうに笑った。無邪気にも見えるその表情を見て、彩音は胸がチクンと痛む。

(セフレがいるくせに、私の言葉にそんなふうに喜ばないでよ)

彩音は目を伏せてフォークをケーキに刺した。

「何度か一緒に食事をしたから、少しだけ食の好みに気づいただけです」

「少しでも嬉しいよ」

湊人がそっと耳打ちをした。彼の息が首筋をくすぐり、彩音は小さく身を震わせた。

スイートルームの薄闇の中で耳たぶにキスされたときのことを思い出してしまう。

あのとき彼は、『視覚が利かないと、ほかの感覚が敏感になるって言うよ』と言って、彩音の首筋に何度も口づけたのだ。

彼の唇の感触が蘇りそうになり、彩音はさっと彼から離れた。

「副社長、近すぎます」

湊人を睨んだ彩音は、テーブルのそばにまだ麻衣子が盆を持ったまま立っていたのに気づいた。

(しまった)

自分の不自然な態度を見られていたのではないかと不安になったが、麻衣子はにっこり笑って彩音に言う。

「ゆっくり召し上がってくださいね」

「あ、ありがとうございます」

麻衣子の様子にホッとしながらも、彩音は窓に体を寄せるようにしてケーキの続きを食べた。

やがて二人が食べ終わったタイミングで、康弘と麻衣子が二人を二階に案内してくれた。

階段を上り切った先では、二つの部屋が向かい合っていた。その一室のドアを康弘が開ける。

「どうぞ」

促されて中に入ると、六畳の板間と八畳の和室が続きの間になっていた。板間の壁際に、落ち着いた色味のウォールナット材のテレビ台とテレビがあり、中央に同じくウォールナット材のローテーブルと深いブラウンのファブリックソファが置かれている。

「今までは和室に布団を敷いていたんですが、やはりベッドに慣れている外国の方には、布団だと硬くて寝にくいというお客さまもいらっしゃって。二枚敷いて対応はしたつもりなのですが、この機にもっと快適に過ごしてもらえるようにしたいと思ったんです」

麻衣子が右手を頬に当てて言った。

「畳をフローリングに張り替えて、ベッドを置くこともできますよ」

彩音が言うと、麻衣子は難しそうな表情をする。

「うーん、それも考えたんですけど、この建物は、康弘さんのお父さまが立地を気に入って、退職後にご夫婦で住んでらしたんです。康弘さんのお母さまが亡くなってから、お父さまは高齢者向け住宅に移られましたけど、ときどき泊まりに来てくださって。いつもお二人で過ごした思い出に浸ってらっしゃるみたいなので、できれば和室は和室のままにしておきたいんです」

「私は洋室にリフォームしても構わないとは言ったんですけど、妻は私の父のことを考えてくれていて」

康弘が静かな口調で言葉を挟んだ。一見すると気難しそうなのに、麻衣子を見つめるその表情はとても優しげだ。

互いを思いやる二人の様子に、彩音の心も温かくなる。

「でしたら、板間のほうにベッドを置いて、和室に低めの座椅子を置くのはいかがでしょうか」

和室の趣を生かしながらも、建物の外観に合わせて洋の要素を取り入れるコーディネートを彩音が提案すると、麻衣子は両手をパチンと合わせた。

「あら、部屋の用途を変えるという発想はなかったわ！」

彩音はバッグからパンフレットを取り出して、麻衣子と康弘に見えるように広げた。

「こちらは現在、弊社が販売しているベッドのカタログです。ブラウンカラーでロータイプのベッドですと、今あるローテーブルとも統一感がありますし、和室にもよく馴染《なじ》みます」

カタログを覗き込んで、麻衣子が弾んだ声を出す。

「わあ、ステキ。座椅子にはどんなものがあるの？」

「座椅子はこちらになります」

彩音は別のカタログを広げた。製品を見る麻衣子の顔が輝いている。彩音は康弘も微笑んでいることに気づいたが、彼が見ているのはカタログではなく麻衣子だった。

（本当にステキなお二人）

そんな二人が心から満足してくれるようなコーディネートにしよう。

彩音は改めて決意を固めながら、カタログをめくった。

「それでは、インテリアコーディネート案が出来ましたら、改めてご連絡いたしますね」

麻衣子と康弘との打ち合わせを終えて、彩音はリビングのソファから立ち上がった。

「よろしくお願いします」

麻衣子と康弘が玄関まで彩音と湊人を見送ってくれる。

「湊人くん、今回も私たちのためにありがとう。若木さんのおかげで、リニューアルオープンできる日がますます楽しみになったよ」

康弘の言葉を聞いて、湊人はにっこり笑う。

「そう言ってもらえて嬉しいです。彩音さんは俺の自慢の人だから」

湊人は目元を緩めて甘く微笑みながら彩音を見つめた。単なるビジネスパートナーとは思えないようなその表情に、彩音の胸が切なくなる。

自分にあんな醜い傷跡がなければ。彼にほかの女性がいなければ。

こんなに苦しい気持ちにならなかっただろう。

彩音は冷静になろうと、ことさらビジネスライクに答える。

「取引先の副社長にそのようにおっしゃっていただき、若木家具工芸の社員として大変ありがたく存じます」

彩音の他人行儀な言葉を聞いて、湊人は寂しそうに口元を歪めた。

そのとき、唐突に麻衣子が言葉を挟んだ。

「あ、そうだわ、ちょっと待っててくださいね」

言うなりパタパタとスリッパの音をさせてキッチンの中に消えた。少しして小さな紙袋を持って戻ってくる。

「さっきのパウンドケーキを入れておきました。お二人ともぜひ召し上がってくださいね」

麻衣子が湊人に紙袋の中を見せ、湊人はにっこり笑って受け取った。

「ありがとうございます。二人で一緒にいただきますね」

どうやら紙袋に二人分を入れてくれたらしい。彩音も笑顔で礼を言う。

「とてもおいしかったので、嬉しいです。ありがとうございます」

改めて別れの挨拶をして、彩音は湊人とともに駐車場に向かった。

湊人が慣れた仕草で助手席のドアを開けてくれたので、「ありがとうございます」と礼を言って乗り込んだ。シートベルトを締めて顔を上げたが、彼はまだ車の外にいた。スマホを持ってなにか話している。

少しして湊人が運転席のドアを開けた。

「お仕事の電話ですか？」

彩音が声をかけると、湊人は「ああ」とうなずいた。

「大切な電話でしたら、私、外で待ってますが」

「いや、構わない。もう済んだから」

湊人は荷物を後部座席に置くと、シートベルトを締めて車をスタートさせた。

車は来たときとは逆方向に緑の中を走り出す。車内にはＦＭがかかっていて、流行《はや》りの爽やかなＪポップが流れている。けれど、なにも話さないでいるのが気まずくて、彩音はバッグの中からカタログを引っ張り出した。

現実逃避をしようとカタログを眺めているうちに、頭にいくつか浮かんでいたアイデアが徐々に具体的な形を取りはじめて、ワクワクしてくる。

(板間にベッドを置くのは確定として、できれば壁紙も変えたいな。和室のほうは掛け軸を風景画に替えるのもいいかも。ご納得いただけるよう、いくつかご提案してみよう)

夢中になって考えていたら、ふと右肘に湊人の手が触れた。驚いて右側を見ると、彼が彩音をじっと見ている。

「彩音？」

「えっ、なんですか、名前で呼ばないで、ってそれより前を見てください！」

彩音はあわてて湊人の左手を掴んだ。

「今は赤信号だ」

彼に言われて前を向いたら、そのとおり、信号は赤だった。

「もう、びっくりするじゃないですか」

ホッと息を吐く彩音に、湊人が不満そうに言う。

「何度か名前を呼んだんだけど」

「それは……すみません」

「どうせ仕事のことを考えてたんだろ？」

「はい」

「やっぱりな」

そのとき信号が青に変わり、湊人はゆっくりとアクセルを踏んだ。

「今日はありがとう」

改まった調子で言われて、彩音は運転席に顔を向けた。彩音の視線を感じて、湊人の横顔が微笑む。

「こちらこそ、ご夫妻をご紹介いただき、ありがとうございました」

「どういたしまして」

湊人は前を向いたまま話を続ける。

「君を送る前に、俺の部屋に寄ってもいいかな？　ケーキを半分に切って渡したいから」

「えっ？　ケーキは二人分じゃなかったんですか？」

彩音は湊人が後部座席に置いた紙袋を見た。

「二人分だが、箱は一つだ」

「え……」

「だから、俺の部屋に寄りたい」

彩音は少し考えてから、「わかりました」と返事をした。湊人がクスリと笑う。

「俺の部屋になんて行きたくないって断られるかと思った」

「それは……だって、ケーキを受け取るだけですし」

「それだけじゃ済まないかも、とか警戒しないのか？」

湊人の声には笑みが含まれていた。からかわれているのだろうと思って、彩音はつんとして答える。

「副社長はそんな方じゃないって信じてますから」

「うーん、そんなふうに言われたら、君の信頼を裏切るわけにはいかなくなるな」

彩音は目を見開いて運転席を見た。

「絶対に裏切らないでください。それより、運転に集中してください。夕方が一番事故が多いって言うじゃないですか」

「そうだな。なにがあっても君だけは守るよ」

湊人がチラリと視線を投げた。一瞬だけ絡まった熱のこもったまなざしに、彩音の胸がギュッと締めつけられる。それを悟られないよう、窓の外に視線を向けた。

会話が途切れ、落ち着いた曲調のバラードが車内を満たす。

二人の間の空気が、なんとなく熱を帯びているような気がした。


心地よい森の道を抜けて、車はやがて都内に入った。見慣れた道路ではあるが、若木家具工芸の本社オフィスとは逆方向に進んでいる。

「そういえば、副社長のおうちってどちらでした?」

ゆりかもめのレールが見えてきて、ふと尋ねたら、どこか空々しい声が返ってくる。

「ん?　もうすぐ着くよ」

いったいどこに住んでいるんだろうと思ったとき、白壁の大きくて壮麗な建物が近づいてきた。

車がすっと敷地に入り、横づけられたのは……。

「えっ、ここってスプリーム・ホテル東京ベイじゃないですか!」

高級感のあるエントランスがサイドウィンドウの外に見える。

彩音は目を見開いて運転席を見た。湊人はしれっとした表情だ。

「ああ。今はここの部屋に住んでいる」

ダークブルーの制服を着たドアマンが助手席のドアを開けて、にこやかに声をかける。

「神山さま、お帰りなさいませ」

「ただいま」

湊人も同じように笑みを返し、彩音はあわてて会釈をした。

「おいで」

湊人が言って先に車を降りた。このまま車内に残っていても仕方がないので、彩音もしぶしぶ車を降りる。

ケーキを分けてもらうだけなのに、まさかスプリーム・ホテルに連れてこられるなんて。

「行こう」

湊人は駐車係に鍵を預けて、エスコートするように彩音の腰に手を添えた。布越しに彼の体温を感じて、彩音の鼓動が高くなる。意識しているのを悟られないよう、さりげなく彼から離れようとした。

「彩音?」

けれど、気づいた湊人の手にぐっと力が入った。

「副社長」

抗議しようとしたが、目の前でドアマンが恭しくドアを開けてくれている。こんなところで湊人の手を振り払うわけにもいかず、大人しく彼に促されるままドアを抜けた。

けれど、中に入るやいなや、フロントの内装に目を奪われた。

(なんてステキなの！)

ビジネス客をターゲットにしているスプリーム・ホテル品川も高級感があったが、こちらははるかにゴージャスだった。

艶《つや》やかに磨き上げられた大理石の床に、シックな調度品。天井にはクリスタルガラスのきらびやかなシャンデリア。洗練された上品な空間に、心の中で羨望のため息をつく。

「少し待っててくれ」

湊人はコンシェルジュのいるデスクに近づき、話を始めた。その隙にと、彩音はラグジュアリーホテルのインテリアを思う存分鑑賞する。

(カウンターもデスクもマホガニー材だ。さすがよくお手入れされてる。フロントデスクのライトがシンプルな円筒形だから、余計にシャンデリアが引き立っててステキ～)

彩音がうっとりしていると、用事が済んだらしく湊人が戻ってきた。

「お待たせ。行こう」

「あ、はい」

湊人はさっきと同じように彩音をエレベーターへとエスコートする。彼がカードキーをかざすと、エレベーターのドアが開いた。中に入ったら、すでに三十五階のボタンにライトが点灯している。

専用のキーがなければ上がれないフロアということだ。

「なるほど、スイートルームに住んでるってわけですね」

彩音の言葉を聞いて、湊人はニヤリと笑う。

「今はね。仕事の都合に合わせて、各地のホテルを自宅兼副社長室にしてる」

だから品川での打ち合わせも、いつもホテルの会議室ではなくスイートルームだったのか、と納得した。

そのうえで、もしかして、と思う。

「じゃあ、海外に行ったときも、ホテルが自宅兼副社長室になるんですか？」

「もちろん」

「そっか、そうですよねぇ。現地をゆっくり見て回れそうで羨ましいです」

格安航空券を使い、底値でホテルを取る彩音としては、現地にいつでも使える仕事部屋があるなんて、羨ましい以外のなんでもない。

（じっくり時間をかけて買い付けをして、それ以外にも地元のマーケットや骨董《こっとう》市なんかも見て回れたら……。若木家具工芸のオンラインショップも今よりもっと充実させられるだろうなぁ）

彩音がそんな想像を巡らせているうちに、エレベーターは三十五階に到着した。湊人の案内で毛足の長いカーペットが敷かれた廊下を歩く。一番奥にある部屋に到着し、彼がカードキーをかざしてドアを開けた。

「どうぞ」

「ありがとうございます」

彼がドアを押さえてくれている間に中に入った。室内はダークブラウンの調度品が落ち着いた印象だ。入ってすぐのところはリビング・ダイニングになっていて、天井には小ぶりのシャンデリアが輝いている。

それよりも目を引いたのは、大きな窓からレインボーブリッジが見えることだった。

「なんて贅沢なんですか！　夜景がすごくきれいですよね？」

「ああ。もう少ししたら暗くなるから、食事をしながらライトアップされるのを待とうか」

湊人が右手をすっと動かして、ダイニングテーブルを示した。テーブルには花が飾られ、彩りよく盛られたサラダ、魚介と野菜のテリーヌ、ローストビーフ、バゲットなど、料理ののった皿が置かれていた。

その量はどう見ても一人前とは思えない。

「まさか、最初から用意してたんですか？」

ペンションを出発する直前、車の外で湊人が電話をしていたことを思い出した。きっとあのとき、食事の手配をしたのだ。ホテルに着いたときにコンシェルジュと話していたのは、テーブルがセッティングされているかどうか確認するためだったのだろう。

「若木家具工芸に迎えに行ったとき、食事に誘おうとしたんだ。君に言葉を遮られたから、最後まで言えなくてね」

確かに駐車場で「彩音」と呼ばれて、「肩書きで呼んでください」と彼の言葉を遮った。

「若木社長にも品川の仕事のお礼として君を食事に招待すると話してある」

(だから、お父さんは『ゆっくりしておいで』なんて言ったんだ！)

彩音はじりっと一歩下がろうとしたが、湊人は彼女の腰に片手を回して彼のほうにぐっと引き寄せた。

「あっ」

肩に彼の厚い胸板が触れ、頬がカァッと熱を帯びる。

「彩音なら、いつでも俺の部屋を使わせてあげるよ。ここだけでなく、世界中のどこの部屋でも」

「副社長っ」

彩音は両手を彼の胸に押し当てた。だが、たくましい彼の体はびくともしない。

「俺には彩音しかいない」

湊人は彩音を抱きしめて、その肩に顔をうずめた。

「だったら、あのネットニュースの人たちは⁉」

「あんなニュース、信じないでくれ。著名人が宿泊するときに、父の代わりにエントランスで出迎えたのを写真に撮られたんだと思う。あるいは話題性欲しさに宿泊客が自分で写真を提供したか。とにかく俺はあの誰とも付き合っていない」

　そのくぐもった低い声には、切なさがにじんでいた。彼のそんな声を聞いたのは初めてで、胸がズキンとする。

「じゃあ……あのとき、『彼女たちとは付き合ってない』って言ったのは……恋人ではなく体だけの関係って意味じゃなくて、本当に付き合ってないって意味だったんですか？」

「そんなふうに誤解してたのか？」

　湊人が顔を上げた。その傷ついた表情に心が痛み、彩音は小声になる。

「……ごめんなさい」

「俺を信じてほしい」

　湊人が彩音の顎をつまんで上を向かせた。まっすぐに見つめられて、彩音は視線を落とす。

「傷つきたくないって言ったのは、それだけじゃないんです」

「俺は絶対に彩音を傷つけたりしない。彩音だけが好きなんだ」

　湊人の表情と声音は真剣だ。きっと彼は本気で言ってくれているんだろう。

（だったら……）

　彩音は顎をつまんでいる湊人の手首をそっと掴んだ。彼の手を下ろして、彼から離れるように一歩下がる。

「彩音？」

(私も本当のことを言わなくちゃ)

スーツの上から、左手でそっと太ももに触れた。パンツの生地をギュッと握って、気持ちを固める。そうして顔を上げたとき、湊人が心配そうに見つめているのに気づいた。

「痛むのか?」

唐突に訊かれて、彩音は困惑する。

「え?」

「もしかして、俺が触ったとき……痛かったのか?」

湊人の視線が彩音の左の太ももに注がれ、彩音の左手がビクリと震えた。

「まさか……見たんですか⁉」

彩音は愕然として目を見開いた。そのただならぬ様子を見て、湊人は戸惑いながらも言葉を発する。

「暗かったからはっきりとはわからなかった。だが、治っているように見えたから、痛くないと思い込んでいたんだ。俺が痛い思いをさせたのなら、すまなかった」

湊人の顔が苦しげに歪み、彩音は罪悪感を覚えた。

「そうじゃ……ないんです。副社長はなにも悪くありません」

震える手でパンツのボタンを外して、ファスナーを引き下げる。

「彩音?」

突然の行動に、湊人が驚いた声を出した。

彩音が手を放し、パンツの生地がすとんと足元に落ちた。

「暗かったから、はっきりとは見えなかったんですよね。本当はこんなに醜いんです」

彩音は湊人によく見えるように体を少し左側に向けた。シャンデリアの明かりに、不自然に色の違う細く長い傷跡がさらされる。

恥ずかしさと、これから訪れるだろう拒絶を思ってくじけそうになりながらも、どうにか声を発する。

「父と三人で居酒屋に行ったとき、父が言ってましたよね。私は子どもの頃、兄が大好きだったって。そのとおり、兄と同じことができるようになりたいっていつも思ってました。それで、小学三年生のとき、兄の真似をして木に登ったんです。そのとき、足を滑らせて落ちて……割れた植木鉢で切りました」

そのときの痛みはもう覚えていない。けれど、元カレの言葉に傷ついた心は、いまだに疼く。

「嫌になったでしょう？」

彩音は口元を歪めた。

湊人の顔に、元カレと同じ表情が浮かぶのを見たくなくて、うつむいてギュッと唇を結ぶ。

（大丈夫。二度目だから、そんなにショックじゃないはず……）

そう思うのに、鼻の奥がツンと痛んで涙が込み上げてきた。

「彩音」

湊人の低い声が聞こえた直後、彩音は彼に抱き寄せられていた。

「湊人さん⁉」

「嫌になるわけない。あのときは、彩音が痛くなければいいと、それだけ考えていた。キスをしても痛そうにしなかったから、大丈夫なんだと思ってたんだ」

湊人の腕の中に閉じ込められて、彩音は戸惑いながら口を動かす。

「で、でも、こんなの見たら萎えるでしょう？」

「どうしてそう思うんだ？」

「だ、だって、初めて付き合った人が、傷跡を見て『さすがにこれは萎える』って言ったんです。それまで何度も『きれいだね』って言ってくれてたのに、見た瞬間、触れもせずに帰っていって、それっきりで……。だから、湊人さんも無理しないで――」

くださいという言葉は、彼のキスにふさがれて出てこなかった。

「っ」

驚いた拍子に彩音の目から涙がこぼれた。湊人の片手が後頭部に回され、彼の舌が彩音の唇を強引に割った。

腰を強く引き寄せられて、逃れようにも逃れられない。

彼の舌が口内に侵入して中を探る。奥で縮こまっていた彩音の舌を、なだめるように舐めて絡めとった。

「んっ」

舌を吸い上げられ、甘噛みされて、頭の芯がじんと痺れた。

初めての夜を思い出させるような、少し強引で、熱っぽい口づけ。

彩音の体から力が抜けたのに気づいて、湊人は彼女の頬を両手で包み込んだ。

「彩音」

そうして親指で彩音の濡れた目元を拭う。

「俺が初めて君のことをきれいだと思ったのは、ファム家具店で君を見たときだった。ファムさんたちが誇りをもって仕事をしているのだと、俺に怒ったときだ。目がキラキラ輝いていて、俺は怒られているのに、きれいだと見とれていた」

「えっ」

湊人は彩音の額に自分の額をコツンと当てた。

「それから、ミンちゃんと一緒に遊び、ファムさんやトゥイさんたちと真摯に向き合う君を、本当に美しいと思った。なんて優しくて心のきれいな人なんだろうって。あのときには、もう君に惹かれていたんだ」

「ほんと、に？」

彩音の問いかけに、湊人はしっかりとうなずく。

「ああ」

「でも、あのとき、私、必要最小限のメイクしかしてなかったし、おまけに汗でよれてたはずだから、むしろきれいじゃなかったと……」

彩音はそう言ってから、ハッと口をつぐんだ。

(湊人さんがきれいだって言ってくれたのは、そういうことじゃなかったんだ)

そのことに気づいて、胸がじわじわと熱くなる。

「外見には、その人の心が出る。痛みを知っていて、優しくて、思いやりがあって、まっすぐで一生懸命な君は、誰よりも美しい」

「湊人さん」

また目を潤ませる彩音に、湊人は少し困ったような顔をした。

「それに、不謹慎にも、俺は今すぐ彩音が欲しいと思っている」

「えっ?」

言われて彩音は、お腹の辺りに触れている湊人の体の一部が、硬く盛り上がっていることに気づいた。

「え、わ、きゃっ」

驚いて後ずさりしそうになるのを、腰に回された彼の両腕に引き留められた。

「その反応はないだろう……。俺だってこんなときに申し訳ないと思ってるのに。だけど、彩音がそばにいると、気持ちを抑えられなくなる」

少し眉を下げた、すまなそうな表情。いつも自信満々で、ときどきいたずらっ子のように彩音をからかう彼が、こんな表情をするなんて。

（どうしよう、湊人さんがかわいい……）

同時に愛《いと》おしさが込み上げてきて、彩音は彼にギュッと抱きついた。

「湊人さん、聞いてくれてありがとうございます」

「彩音こそ、話してくれてありがとう」

湊人が顔を傾けながら近づけてきた。彼が目を伏せ、つられて目を閉じると、温かな唇が重なった。優しく愛おしむようなキスを繰り返されて、想いが言葉となってあふれてくる。

「湊人さん、大好きです」

彼は嬉しそうに目元を緩めたかと思うと、片手で彩音の背中を支えながら逆の手で両膝をすくい上げた。

「えっ、み、湊人さん……？」

突然抱き上げられて、彩音は驚きながらも彼の肩につかまった。

「予定変更。先に彩音を食べたい」

湊人の言葉を聞いて、彩音は目を見開いた。

「えっ、わ、私!?」

「ああ、彩音が欲しくて仕方がない」

湊人は彼女をお姫さま抱っこしたまま、リビング・ダイニングの奥に向かった。ドアを開けると、キングサイズの広いベッドが現れる。

彼は彩音を広いベッドに寝かせて、彼女の顔を囲うように両手をついた。

「もう逃がさないよ」

湊人が片方の口角を引き上げてニヤリと笑った。野性的なその表情に、彩音の鼓動がドキンと跳ねる。

「彩音は？　俺が欲しくない？」

湊人は彩音の髪にすっと手櫛《てぐし》を通し、毛先を持ち上げてキスをした。チラリと上目で視線を投げられ、男らしい色気に心がとらわれる。

「そんな訊き方、意地悪です」

あえぐように声を発した彩音に、湊人は小首を傾げた。

「どうして？」

「……だって、ノーって言えないじゃないですか」

彩音が小さく頬を膨らませると、湊人は尖った唇にチュッとキスを落とした。

「ノーって言わせたくないからな」

湊人は不敵な笑みを浮かべ、襟元に指を入れてネクタイを解いた。シャツのボタンを外して、脱いだシャツと一緒にベッドに放る。

「彩音、好きだ」

彼はキスを繰り返しながら、彩音のブラウスのボタンを外していく。彩音の腰を浮かせて背中のホックを外し、ブラウスとともにはぎ取った。

ショーツも脱がされ、文字どおり一糸まとわぬ姿になった。彼の視線が肌を這い、胸の膨らみからお腹へと下りていく。

鼓動がドクンドクンと頭に響く。湊人への想いを刻む鼓動に不安が混じっているのが、自分でもわかった。

(近くではっきり見たら、やっぱり嫌だって思うかも……)

そんな気持ちが湧き上がり、湊人から目を逸らした。直後、左脚を持ち上げられたかと思うと、太ももに温かく柔らかなものが触れた。

ハッとして視線を向けたら、彼は彩音の傷跡に口づけていた。

「あっ」

反射的に体を硬くする彩音に、湊人は肌に唇を触れさせたまま問う。

「痛い?」

「い、痛くはないです。でも……」

「彩音が気になるなら、明かりを消して暗くしてもいい。でも、俺は今の彩音が好きだよ。彩音の心も、髪も、目も、鼻も、唇も、肌も」

傷跡にチュッと音を立ててキスをして、チラリと横目で視線を送る。

「彩音のすべてを愛してる」

その言葉を聞いた瞬間、目から涙があふれだした。

自分を丸ごと受け止めてもらえた気がして。

「湊人さん……っ」

彩音は彼のほうに両手を伸ばした。その手を取って湊人が彩音に唇を重ねる。

彼への想いが募って、彩音はしっとりと触れ合った唇を夢中で求めた。柔らかな唇を食《は》み、舌を絡ませ、彼を味わう。

「はぁ……」

いつの間にか息が上がっていて、熱い吐息がこぼれた。

「彩音」

湊人が彩音の左脚を持ち上げて、爪先にキスをした。

「あのときも、こんなふうにした。彩音のすべてが欲しくて」

初めて体を重ねたときと同じように、彼の唇がくるぶしから膝へ、そして太ももへと移動する。

「あ」

「ただただ、君を愛おしいと思っていた。今はあのとき以上にそう思ってる」

優しい言葉とともに彼の吐息が肌をくすぐった。柔らかくキスを落とされ、大きな手のひらで丁寧に撫でられて、腰の当たりがぞわぞわとする。

「彩音のここに、こうしてキスして触れていいのは俺だけだ」

彼は独占欲のにじんだ声で言って、傷跡にゆっくりと長くキスをした。

「あっ」

湊人が彩音の両膝を立てて大きく開かせた。明かりの下ですべて暴かれ、彩音は反射的に膝を閉じようとしたが、それより早く彼が脚の中心に口づけた。

「ああっ」

彼は彩音の脚の間に顔をうずめたまま、舌先でゆっくりと花弁を開いた。小さな花芯を探り出し、細く尖らせた舌先でつつく。

もどかしいような、むずがゆいような、淡い感覚がじわじわと広がっていく。舌で転がされ、強弱をつけて嬲られるうちに、体の奥から熱いものがあふれてきた。それを舐め取るように彼の舌が割れ目を這い、ぬるりと蜜口に侵入する。

「はっ……」

彼の舌が愛撫《あいぶ》するような動きでナカを撫で回した。もっと、とねだるように蜜があふれ、それを音を立てて吸い上げられて、彩音は身をよじらせる。

「ああぁっ」

けれど、彼は攻めの手を緩めず、蜜をまとわせた指先を蜜口に押し当てて、つぷりと差し込んだ。

「あっ」

長い指が探るように蠢《うごめ》き、ある一点に触れた瞬間、ビリッとした刺激が走って腰が跳ねた。

「は、あぁんっ！」

「やっぱりここだった」

湊人の声に嬉しそうな笑みが混じる。

「な……に？」

彩音は潤んだ目で湊人を見た。彼は獲物でも狙うようなまなざしで彩音に視線を返す。

「前は初めてだったから控えめにしたんだ。今日はあのときより、もっとよくしてあげる」

言うなり彼は、感じるところを指の腹で何度も軽くノックした。繰り返し淡い刺激を与えられて、そのたびに体がビクビクと震える。

「やっ、あ……はぁっ」

甘い痺れがどんどん強くなり、彩音は耐えるようにシーツを握りしめた。直後、そこをぐっと押し上げられて、快感が一気に弾けた。

「あっ、あぁぁっ」

悲鳴のような声を上げて、足でシーツをかき乱した。痺れるような感覚が全身に広がって、体が勝手にビクビクと震える。

荒い呼吸を繰り返して、どうにかそれを止めようとする。それなのに、ナカを押し広げられる感覚がして、指が二本に増やされた。

「ダメ、待って……」

「本当にダメなのか？」

粘着質な水音を立てて長い指が出入りする。こすられた場所がじんじんと熱く疼く。

「やっ……そんなにしたら……私っ……また……っ」

達したばかりなのに、とろけたところを淫らな動きでかき混ぜられて、さっきよりも激しい快感が背筋を駆け上がった。

「あっ、嘘、あぁんっ！」

彩音は大きく背をしならせた。

立て続けにイかされて、ぐったりとシーツに横たわる。体のどこにも力が入らない。

「も……私ばっかりぃ……」

体を丸めて冷たいシーツに頬を押しつけた。深く息を吐いて視線を向けると、湊人がスーツのパンツとボクサーパンツを脱ぎ捨てて、張り詰めた強直に避妊具をはめている。

指だけでもあんなに気持ちよくて、どうにかなってしまいそうだったのに、今、あれを挿れられたら……。

「少し、待って」

彩音は両手をついて体を起こそうとしたが、背後から湊人が覆いかぶさってきた。湊人は彩音の首筋にキスを落とす。

「待てない」

彼が唇を触れさせたまましゃべり、肌が敏感になっているせいで背筋がゾクゾクとする。

「んっ」

湊人の大きな両手が彩音の腰に触れて、お尻を持ち上げた。

「それに、ここは待ってほしくなさそうだ」

意地悪な声が聞こえたかと思うと、割れ目に硬い先端があてがわれた。それがぬるりと滑る感覚に、そこがしとどに濡れているのがわかる。

「あっ」

湊人が腰を動かし、切っ先が花弁を抉りながら前後して、こすられた場所が甘く疼く。

「や、そんなこと、したら……っ」

さんざん快楽を感じたはずなのに、先端を埋められて、蜜壁が待ちわびていたかのように収縮した。

頭ではまだ無理だと思うのに、体が理性を裏切る。彼が欲しくてたまらず、お尻を突き出してしまった。

「あ、あっ、あぁんっ」

硬くて太いモノが、熱くとろけた内襞を押し広げるように貫いて、体の中心から淡い痺れが広がっていく。

湊人の両手に腰を掴まれ、彼のほうにぐっと引き寄せられると同時に、彼が奥まで到達する。

「はぅ……」

内臓が押し上げられるような圧迫感。息が詰まりそうなのに、最奥を突かれる感覚が気持ちよくて、自分のナカがキュウキュウと締まるのがわかる。

「こんなに俺を欲しがってくれてたのに、待て、だなんて」

「だ……って、気持ち、よすぎて……おかしくなりそうでっ」

彩音は眉を寄せて、肩越しに湊人を見上げた。彼も同じように眉間にしわを寄せているが、どこか野性的な色香をたたえた表情をしている。

「いいよ、乱れて。俺のことしか考えられなくなるくらい、俺に溺れてもらうから」

湊人は彩音の唇に一度キスをして、ゆっくりと腰を引き、抜け出しそうなほど自身を引いた。

圧迫感が緩んだのは一瞬で、直後、彼が一気に腰を押しつけた。

「やあぁんっ」

最奥をぐりっと抉られて、頭の先まで痺れるような刺激が走った。

後ろから手が伸びてきて、胸の膨らみをギュッと握った。そうしながら尖った先端を指で捏ねる。もう片方の手はさっきまで舌で嬲っていた花芯をころころと転がした。

「あ、あぁぁっ」

感じるところをいじられながらリズミカルに体を揺さぶられる。蜜壁をこすられ、突き上げられるたびに、快感の予感が高まっていく。

「は……あぁんっ……湊人さっ、激し……っ」

呼吸が荒くなり、肌がぶつかり合う音と淫らな水音が部屋に響く。

大好きな人に与えられる快感がただただ気持ちよくて、気づけば彩音も腰を揺らして彼と同じリズムを刻んでいた。

「あ、や……また……っ」

絶頂の予感に体が張り詰める。熱い手のひらに腰をぐっと掴まれ、わずかに腰が持ち上がって圧迫感が強くなった。

「は……あぁっ……いっ……あぁんっ！」

膨れ上がった愉悦が爆発して、彩音は彼自身を咥《くわ》えこんだまま大きく背を仰《の》け反《ぞ》らせた。

痺れるような快感に身を震わせながら、シーツの上にくずおれる。

頬をシーツに押しつけたまま、息を整えようと大きな呼吸を繰り返した。

「湊人……さん」

なかなか引かない快感に、目を潤ませながら湊人を見上げたら、彼は彩音のナカからゆっくりと自身を引き抜いた。

硬いものがずるりと抜け出す感覚に、彩音はビクリと体を震わせた。

「んぅ……」

ナカを埋められていた感覚が消えて、小さく息をつくと、湊人が覆いかぶさってきた。彩音は愛しさのまま、ぼんやりと彼の首に両手を回す。

湊人は彩音を仰向《あおむ》けにしながら、唇にキスをした。

「彩音、好きだよ」

そう言って彩音の膝の間に体を割り入れた。下腹部に硬いものを押し当てられて、彩音はハッと我に返る。

「湊人さんは……まだ？」

「言っただろ？　俺に溺れてもらうって」

湊人は欲望の塊を割れ目に押し当て、ゆっくりと沈めた。

「そんな、あっ、あぁ……」

ぐずぐずに溶けたナカを、再び質量のあるものが埋めていく。硬いモノで内壁をこすられて、それだけで達してしまいそうだ。

目の前がチカチカして、彩音はあえぐように声を出す。

「ね……お願い……」

「どうした？」

「次は、一緒が、いいです……」

ささやくように訴えると、湊人が眉を寄せた。

「そんなかわいい顔でねだられると困るな」

「どう……して？」

「その顔をずっと見ていたくなる」

湊人は彩音の腰を掴むと、深く押し入ったまま腰をゆっくりと回した。

蜜壁を抉られるような感覚に、彩音の背筋を電流のような刺激が駆け抜ける。

「やぁっ！　も、ダメなのぉ……」

敏感になったナカをじっくりとかき混ぜられ、彩音はビクビクと身を震わせた。何度も快楽を与えられた体は、簡単に翻弄され、高みへと押し上げられそうになる。

彩音は湊人にしがみつくように彼の腰に脚を絡めた。

けれど、そのせいで彼の太く硬いその形をありありと感じる。

「くっ……彩音、締めすぎだ」

湊人が耐えるように表情を歪めた。

「だっ……て、湊人さんが欲しい……からっ」

「そうやって煽《あお》られたら……俺も我慢できなくなる」

湊人は彩音の手を握ってシーツに押し付け、抽挿を始めた。

彩音は想いを込めて彼の手を握り返した。激しく体を揺さぶられ、彼のリズムに合わせて腰を揺らす。

「はっ、あぁっ……すごく……気持ち、いいっ」

「俺も、だ」

ナカを埋める彼の質量が膨れ上がり、抽挿が激しさを増した。

「あ、ダメ、また、イッちゃ、う……あっ、あぁーっ！」

彩音が嬌声を上げるのと同時に、湊人が最奥で熱を吐き出した。

「彩音……っ」

「湊人さん……」

彼は彩音を抱きしめながら、崩れるように横になった。彼の広い胸に包み込まれて、彩音は大きく息を吐く。

荒い呼吸を繰り返しながら湊人を見ると、彼は上気した頬で淡く微笑んだ。

「彩音、愛してる」

「私も湊人さんを愛してます」

彩音を抱きしめる彼の腕に力がこもる。彼への想いを伝えるように、彩音もギュウッと彼にしがみついた。

第五章　表の顔と裏の顔

「ほら、彩音、口を開けて」

ベッドの縁で湊人の膝の上に座らされた彩音は、恥ずかしさで頬《ほお》を赤らめながらも、彼に言われるまま口を小さく開けた。

「それじゃ入らない」

「だって、湊人さん、それ、おっきい……」

「仕方ないなぁ」

湊人はクリームチーズとキャビアののったバゲットを半分かじった。

「これなら入るか？」

「……はい。でも、そもそも自分で食べられますけど……」

彩音は不満をこぼしながらも口を開けた。そこに湊人が半分のサイズになったバゲットを近づけ、彩音はパクリと食いつく。

「かわいいな」

湊人は目を細めてそう言ったが、彩音としては胸元がはだけたバスローブ姿で膝に乗せられ、食事を与えられているので、恥ずかしくてたまらない。

なぜ胸元がはだけているかというと、彩音が口を動かしている間に、湊人があちこちにキスをするからだ。

「っ」

鎖骨を甘噛みされて、彩音はどうにか口の中のものをのみ込むと、湊人の両肩を掴んだ。

「次は湊人さんに食べさせてあげますっ」

「そう？　じゃあ……」

湊人が顔を上げ、彩音はベッドサイドテーブルに置かれた皿に視線を向ける。

「なにがいいですか？　ローストビーフでもスティック野菜でも、なんでもいいですよ」

「うーん、やっぱり彩音がいいな」

言うなり湊人が胸の先端を口に含んだ。さっきまでさんざん嬲られたそこが淡い疼きを覚えて、彩音の口から甘い声がこぼれる。

「やん、もう、湊人さん！」

抗議の声を上げたが、後頭部と腰に彼の手が添えられたかと思うと、ベッドに押し倒された。

彩音の顔を囲うように湊人が両手をつき、彩音は彼の手首を掴む。

「もうダメです。いったい何回したと思ってるんですかっ」

「一回しかしてないけど?」

湊人がしれっとした顔で言うので、彩音は目を見開いた。

「嘘ばっかり! シャワーを浴びながらもしたじゃないですかっ」

「あれも含めて一回なんだ。俺が彩音を味わい尽くすまでが一回」

「そんなの屁理屈にもなってませんっ」

彩音が頬を膨らませると、湊人は小さく噴き出した。

「彩音のこと、知れば知るほど好きになるな」

「なんですか、それ」

「かわいくてたまらない」

湊人は言って、彩音を両腕で抱き寄せて横になった。彩音はホッとして彼のバスローブの胸に頬を寄せる。

「湊人さんはほんとにバイタリティにあふれてますよね」

「それは誉《ほ》め言葉?」

「うーん、一応?」

「なんで疑問形なんだよ」

「とても精力的に仕事に取り組む人だなって前から思ってましたけど、仕事だけじゃなくて、いろいろ精力的というか……」

「ダメなことじゃないだろ？」

湊人がいたずらっぽい表情になって、彩音のバスローブの裾から手を入れた。お尻の丸みを撫《な》でられて、彩音は湊人を睨む。

「何事にも限度があります」

「怒った顔も好きなんだ」

湊人は彩音の唇にチュッとキスをした。

「もう」

彩音がなにを言っても、湊人はまったく意に介さないようだ。彩音はため息をついて彼から離れるようにベッドを転がった。

「ご飯を食べたら眠くなりました。私は寝ますから、絶対ぜぇーったい邪魔しないでくださいっ」

彩音は念押しするように言ってベッドから降りた。パウダールームに入って歯を磨く。鏡に映った姿は気だるげで、唇がぽってりと赤いのは、彼に何度も貪られたからだろう。

どことなく扇情的な自分の表情に、〝女〟を感じて気恥ずかしい。視線を落としたら、バスローブから覗く胸元にたくさんのキスマークがついていた。

（もう、湊人さんってば……）

彩音はバスローブの前をかき合わせたが、彼のことを思うと自然と胸が温かく満たされる。

まさか彼とこんなふうに幸せな関係になれるなんて、思ってもみなかった。

（とはいえ、もう勘弁してもらわないと、体がもたないよ）

時刻はとっくに深夜を回っている。

彩音はベッドルームに戻ると、ゴソゴソとベッドに潜り込み、タオルケットを顔の上まで引き上げた。

（いくら湊人さんのことが好きでも、もう限界）

完全にガードを固めたつもりになって、ようやく一息つく。

「俺も寝ようかな」

「そうしてください」

彩音はタオルケットの中から返事をした。

ベッドのスプリングが弾んで、湊人がベッドを降りた気配がする。ベッドルームのドアが開いて閉まる音を聞きながら、彩音は目を閉じた。

「彩音」

ウトウトしかけたときに湊人の声が聞こえて、顔にかかっていたタオルケットを持ち上げられた。

「なんですか？」

彩音は眠そうな声で答えた。湊人は彩音の額にキスを落として、笑みを含んだ声で言う。

「おやすみ」

「はい、おやすみなさい」

ベッドのスプリングが沈んで、背後から湊人に抱き寄せられる。

（あったかい……）

彩音は小さく息を吐いて、睡魔に身を委ねた。


なにか音が聞こえた気がして、彩音はふと目を覚ました。レースのカーテンの外はすっかり明るく、晴れた青い空が見える。

ぐっすり眠れたからか、昨晩の疲労感は抜けていたものの、腰の辺りが重くてだるい。

（今何時だろう。お腹《なか》空いたな）

湊人が寝ていたほうに体を向けたが、彼の姿はない。

「あれ……湊人さん？」

彩音は目をこすりながら上体を起こした。

（シャワーかな？）

ベッドから降りてスリッパに足を入れた。ベッドルームのドアをガチャッと開けたとき、玄関のほうから女性の声が聞こえてくる。

「……さまの件でご相談したいことがありまして」

遠慮がちな女性の声が言った。

「そのために土曜の朝に直接訪ねてきたのか？　秘書も通さずに？」

湊人はいつもどおり低い声で話しているが、その口調にかすかに不満が混じっている。

仕事の話だろうと思った彩音は、急いでドアを閉めた。できるだけ音をさせないように気を遣ったものの、開けたときにすでに音を立ててしまっている。

案の定、問いかけるような女性の声が聞こえてきた。

「誰かいらっしゃるんですか？」

「本来、今日は休日だからな」

「それはそうですが、もしかして若木――」

チーフですか、と尋ねた女性の声に、湊人の声が重なった。

「君は社長秘書だろう。業務になんの関係もないのに、俺のプライバシーにまで首を突っ込まないでもらいたい」

湊人は今度は、はっきりと不機嫌さのわかる口調で言った。

「……申し訳ありません」

「それで、俺の対応が必要な件とは？」

「はい。あの――」

彩音は足音を忍ばせながら、ドアの前から離れた。もう一度ベッドに潜り込んで、両手を頬に当てる。

社長秘書に会ったことはないし、声に聞き覚えもなかったが、彼女は彩音のことを「若木チーフ」と呼んでいた。

(つまり、彼女は私が彼の仕事相手で、しかもここにいるって気づいてる)

湊人はプライバシーに首を突っ込むなときっぱり言ってくれたが、いくら休日とはいえ、彼の父親の秘書に、彼と一緒に夜を過ごしたのだと知られているのは、やっぱり恥ずかしい。

(それにしても、休日なのに仕事の対応をしなくちゃいけないなんて。仕事先に住んでると、公私を分けるのはやっぱり難しいのかな)

ふと自分の父のことを思い出したとき、ベッドルームのドアが開く音がした。

「眠り姫はまた寝てしまったのかな?」

湊人のいたずらっぽい声が聞こえた直後、顔を覗き込まれた。目が合って、湊人が軽く目を見開く。

「まだキスしてないのに、もうお目覚めとは」

彩音はクスッと笑って目を閉じる。

「まだ起きてません」

「それはよかった」

湊人の声がして、唇に彼の柔らかな唇が重なった。それはすぐに離れるかと思ったのに、彼の舌先が彩音の唇をなぞって口内に侵入した。

「んっ」

タオルケットをはぎ取られ、彼の手が彩音の首筋を撫でる。愛撫するような手つきでバスローブの中へ侵入するので、彩音はあわてて彼の手首を掴んだ。

「湊人さん！」

「どうした？」

彼は彩音の顎に口づけながら返事をした。

「あのっ、仕事は大丈夫なんですか？」

鎖骨の間に口づけられて、柔らかな唇の感触に彩音は小さく身を震わせた。

「ああ、やっぱりあれで起きてしまったんだな」

湊人は体を起こして、彩音を腕枕しながらベッドに横になった。

「気にしなくていい。きちんと指示を出しておいたから」

「そうなんですか」

彩音はホッと息を吐き出した。

「それよりせっかくの休日なのに、起こしてしまって悪かったな」

「いいえ、気にしないでください。でも、家が職場だと、ゆっくり休めないいんじゃないですか？」

「そうだなぁ……」

湊人は少し考えてから彩音を見た。

「だったら、今度は彩音の部屋に行ってもいいかな？」

「もちろんです。そうしたら、仕事から離れてゆっくりできますよね？」

「仕事からは離れられると思うが、ゆっくりできるかは怪しいな」

「どうしてですか？」

彩音は首を傾げて湊人を見た。彼は片方の口角を引き上げてニヤリと笑う。

「二人きりなのに、ゆっくりできるわけがないだろ？」

湊人の言葉を聞いて、彩音は目を丸くした。

「も、もしかしたら父や兄が帰ってくるかもしれません！　父は工房に住み込んでて、兄も恋人と同棲してますが、たまに帰ってくることもありますからっ」

「それなら、そういうときは声を出さないようにしたらいい」

湊人の手がバスローブの上から太ももを撫でるので、彩音は彼の手をペチッと叩いた。

「もう無理です」

「本当に？」

湊人の手が襟元をくつろげて、胸の膨らみを包み込んだ。やわやわと揉みしだきながら、胸の先端を軽くつまむ。

「あっ」

快感を覚えた体はすぐに反応した。硬く尖ったそこから淡い痺れを感じて、体の奥が熱くなる。

「ん……でも、お腹空きました……」

半分とろけた声で彩音が言うと、湊人は小さく笑みをこぼした。

「だったら、心配ない。ルームサービスで頼んでいた朝食が届いてるから、後で一緒に食べよう」

「今じゃなくて、後で？」

「そう、後で。いいだろ？」

大好きな人に熱情のこもった声でささやかれて、抵抗できるはずもない。甘く口づけられたら、空腹感などあっという間に吹き飛んでしまった。

＊＊＊

湊人と正式に付き合いはじめてから、二週間が経《た》った。彼との付き合い同様、仕事も順調で、ペンションも朝比奈夫妻に提案したデザイン案どおりにインテリアリフォームが進んでいる。

フォレストは十二月一日にリニューアルオープン予定で、すでに年内は予約でいっぱいになり、来年の予約もかなり入ってきているそうだ。

私生活はと言えば、先週末は湊人が彩音の家に泊まりに来て、二人でゆっくり食事をした後は、濃密な夜を過ごした。

そんなふうにして二週目の週末を迎えた金曜日、彩音はいつもより早く業務を終えて、デスクの上を片づけはじめた。

心はすでに会社を出ていて、湊人と過ごす夜を楽しみにしている。

今日は湊人行きつけの料理のおいしいバーに行く約束だ。ネットで調べたら、すごくおしゃれなバーだったので、今日はいったん帰宅してシックなワンピースに着替えようと思っている。

うんとおしゃれをして、楽しい時間を過ごすのだ。

彩音はワクワクしながらパソコンをシャットダウンした。

そのとき、カスタマーサービス担当者のシマで電話が鳴った。三十代前半の中平美希《なかひらみき》が電話に応答する。

「お電話ありがとうございます。若木家具工芸、カスタマーサービス担当中平でございます」

美希は六年前に入社して以来、この仕事を担当してくれている頼れる女性だ。

彩音は席を立って、マグカップを持って給湯室に行った。カップを洗って片づけ、席に戻る。

すると、珍しく美希が困惑気味の声を出しているのが耳に入ってきた。

「恐れ入りますが、あの、まずは詳しいお話をお聞かせいただけませんでしょうか？」

彩音は美希の様子を見守った。彼女の様子が次第に不安そうになる。

「いえ、決してそのようなことは……申し訳ございません」

美希はオフィス内に視線を巡らせてから彩音に顔を向けた。

「少々お待ちください」

美希は電話を保留にして、彩音の席に小走りで近づいてきた。

「あの、チーフ、すみません」

「どうしました？」

美希は申し訳なさそうな声を出す。

「ウェブサイトで家具を購入されたお客さまが、家具が壊れていたとおっしゃっていて」

「通常の交換手続きか返金手続きはご提案しましたか？」

彩音の問いかけに、美希は肩を落とす。

「はい。ですが、『こんな不良品を売りつけるとは何事か！』とお怒りで……。どうにか私で対応できればと思ったのですが、『通信販売の責任者を出せ』と……」

彩音はパソコンの電源ボタンを押しながら言う。

「でしたら、私ですね。対応します。お客さまがお買い上げになったのはどの商品ですか？」

「それがまだお伺いできていないんです。最初からずっと怒ってらして、こちらの話を聞いていただけなくて」

ベテランの美希がここまで困惑するのだから、なかなか厄介な相手のようだ。

「わかりました。電話を回してください」

「すみません、よろしくお願いします」

美希は席に戻ると、電話の相手に「責任者におつなぎします」と告げて、彩音に電話を転送した。

彩音は一度大きく息を吐いて電話に応答する。

「お電話代わりました。担当の若木と申します」

『はあ、いったい何分待たせるわけ？』

電話口から甲高い女性の声が聞こえてきた。

「申し訳ございません。弊社のウェブサイトからご購入いただいた商品に不具合があったとお伺いしました」

『そうだって言ってるでしょ！　ねえ、いったいどういうつもりでこんな不良品を売ってるわけ⁉』

「恐れ入ります、まずは製品の状況をお聞かせいただけますか？」

『ふざけないでよっ！　知りたかったら見に来なさいよっ。こっちは不良品を掴まされたうえにさんざん待たされて、ムカついてムカついて仕方ないんだからっ』

美希から聞いていたように、まさに取りつく島がない。

「かしこまりました。では、お伺いする際の対応を決めさせていただきたいので、先に購入された製品についてお聞かせください。ご注文番号か納品番号はおわかりになりますか？」

『そんなの知らないわよ。納品書は捨てちゃったから』

「でしたら、ご購入日と商品を教えていただけますか？」

『購入日は先週の土曜か日曜。買ったのは椅子よ』

彩音はパソコンを操作してオンラインショップの販売履歴を開いた。土曜日と日曜日に売れた商品の一覧をスクロールする。

ダイニングチェアやアームチェアなどが数点売れていた。

分類項目でチェアを選択して、表示をそれらに絞る。

「お買い上げいただいたのはどのタイプですか？」

『タイプって？』

「ダイニングチェアですとか、デスクチェアですとか」

『どっちも違う』

「では、アームチェアですか？」

『いいえ。わからないから全部読み上げて』

彩音は言われたとおり、販売されたチェアをすべて読み上げたが、電話の相手からは毎回『違う』という返事が返ってきた。

「では、どのような形状のチェアでしょうか？」

『なによ、自分のところで売ってるのに、わからないわけ？』

「恐れ入りますが、先週の土曜日と日曜日に販売された商品は、先ほど申し上げたものがすべてになります」

『じゃあ、私が嘘をついているって言いたいの!?』

「お買い上げになったのは、先週の土曜日か日曜日でお間違いないでしょうか？」

彩音は相手の対応に疑問を覚えて、慎重に言葉を発した。けれど、スピーカーからは相変わらず女性の甲高い声が返ってくる。

『不良品を売りつけといて対応する気がないなんて最低ねっ。もういいわっ！』

その直後、受話器を叩きつけるような大きな音がして、電話は切れた。彩音は大きく息を吐いて受話器を戻す。

「チーフ、どうなりましたか？」

美希が心配そうに席を立って近づいてきた。

「電話を切られてしまいました」

「あのお客さまは、本当に商品をお買い上げになったんでしょうか？　実は電話番号が非通知だったんです」

「非通知ですか……」

しかし、万が一ということもある。

「期待して購入してくださっただけに、不備のある商品が届いて、怒りで我を忘れていらっしゃる可能性もないとは言えませんよね」

「うーん、そうですねぇ。どうしましょうか？」

彩音は少し考えてから答える。

「ひとまず先週の土日にチェアを購入されたお客さまに、改めてアフターサービスのご連絡をしましょうか」

「そうですね、そのほうが安心ですね」

彩音は時計を見た。時刻はすでに午後七時半近い。小学生の子どもがいる美希は、普段なら早番で五時に退社している。

「中平さん、今日は遅番なんですか？」

「そうなんです。遅番の人に代わってほしいと頼まれて」

とはいえ、遅番の終業時刻は午後七時だ。

「そうだったんですね。では、アフターサービスの件はこちらで対応しますので、中平さんはもう上がっていただいて大丈夫ですよ」

「すみません、よろしくお願いします」

彩音はアフターサービス担当社員を目で探した。男性社員が二人残っている。

席を立って二人のシマに近づいた。

「すみません。実はさっきお客さまから電話がありまして……」

先ほど受けた電話の内容を説明して、念のためチェアを購入したお客さまにアフターサービスの案内をメールか手紙で送りたいことを伝えた。

「なんか悪質ないたずらっぽくないですか？」

彩音の一歳年下の男性社員が疑わしげな声を出した。続けてもう一人、三十代後半の男性課長が難しそうな表情で言う。

「うーん、でも、お客さまのことは疑いたくはないからねぇ」

「けど、なにを買ったかはっきりしないんでしょう?」

「だが、もしかしたら本当に購入している可能性もある。万が一を考えたら、チーフの対応がベストなんじゃないかな」

課長の言葉に彩音もうなずく。

「そうなんです。もし本当に不良品だったのなら、きちんとアフターサービスで対応できるということをお伝えしたいんです」

「そうだね。それなら、アフターサービスの雛形《ひながた》メッセージがあるから、それを叩き台にしたらいいだろう」

「え、それ、課長がやってくれるんですか? 俺、今日予定があるんですけど」

年下社員の言葉に課長は苦笑しながらも、「わかったよ」と答えた。

「メールの件は僕に任せてください」

課長の言葉に、彩音は礼を述べる。

「ありがとうございます。お願いします。私はその間にお買い上げになったお客さまをリストアップしておきますね」

彩音は急いで自分の席に戻った。

こうなってしまったら、たとえ家に戻らず直接向かったとしても、湊人と約束していた八時に待ち合わせ場所に行くのは、どう考えても無理だった。

ようやく彼に会えると思ったのに残念で仕方がない。それに予約してくれていた湊人に申し訳ないと思う。

彩音はため息をのみ込んで湊人にメッセージを送る。

【今日のバー、とても楽しみにしてたんですが、急な対応であと一時間ぐらい帰れなくなってしまいました。お待たせするのも悪いので、今日はキャンセルにしてもらえませんか?】

すぐに既読がついて、返信がある。

【それは大変だな。無理せずがんばって。俺のことは気にしなくていいから】

【ごめんなさい】

彩音は改めて謝罪の言葉を送信すると、彼に会いたくてたまらない気持ちにふたをして、作業に取りかかった。


課長が作成してくれたアフターサービスのお知らせを、購入客に合わせて修正してメールで送信したら、午後九時近かった。

「お疲れさま。大変だったな」

彩音と一緒に残って、隣のデスクでメールの送信を手伝っていた兄の征一郎が、彩音にねぎらいの言葉をかけた。

「副社長もありがとうございます」

ほかの社員は誰もいないが、まだ社内なので兄を肩書きで呼んだ。

兄はクスリと笑って立ち上がった。彩音より十五センチほど背が高く、優しげな二重の目をした整った顔立ちの兄は、妹のひいき目で見ても、なかなかのイケメンだ。おまけに担当でもないのに、残って仕事を手伝ってくれる気遣いもある。

「さあ、戸締まりをして俺たちも帰ろう」

兄がプリンターやパソコンの電源を落としはじめたので、彩音は窓の施錠を確認した。オフィスの電気を消して警報装置をセットして、建物を出る。

「彩音、家まで送ろうか？」

兄は頭を傾けて、駐車場に駐めていたグレーのＳＵＶを示した。

「ありがとう。でも、逆方向だし、なによりお父さんに報告してから帰ろうと思うから」

「それなら俺も一緒に行こう」

「私一人で大丈夫だよ。それに、お兄ちゃんは本当は美優さんと一緒に帰るはずだったのに、残ってくれたでしょ。これ以上お兄ちゃんを引き留めたら、美優さんに悪いよ」

兄は笑って彩音の髪をクシャッと撫でた。

「俺たちはもう付き合って二年になるからな。そんな気遣いは無用だよ」

「そうなの？　付き合いが長くなると、少しでも離れていたくないって思わなくなるものなの？」

彩音が湊人に会いたくてたまらないのは、まだ付き合いはじめて間もないからだろうか。

そんな彩音の気持ちを読んだかのように、兄が笑みを含んだ声で言う。

「それは今の彩音の心境？」

「えっ？」

「スプリーム・ホテルズの副社長さんだろ？」

兄の言葉に彩音は目を見開いた。

「ど、どうして知ってるの？」

「あはは、図星か」

「ええっ、もしかしてカマをかけただけなの!?」

「そういうわけじゃないけどな」

兄はふうっと息を吐き出して、車に一歩近づいた。振り返って彩音を見る。

「母さんが死んでから、彩音が家のことも父さんのことも支えてくれただろう？　俺は今でも、彩音に任せっぱなしにして、自分はなんて不甲斐《ふがい》なかったんだろうって思うんだ」

「そんなことないよ。お兄ちゃんはお父さんに代わって会社を支えてくれたし」

「でも、そのせいで、彩音は恋愛をする暇がなかっただろう？」

「それは……お兄ちゃんやお父さんのせいじゃないよ」

自分の過去のトラウマのせいだ。

「彩音はそう言ってくれるけど、俺も父さんも、もっと彩音のことに気を配るべきだったと後悔してる。だから、今、彩音が自分を幸せにしてくれそうな人と付き合っているのが、嬉しいんだ」

兄がしんみりした口調で言うので、彩音は目頭がじわじわと熱くなった。

「もう、泣かせるようなことを言わないでよね」

「はは、そうだな」

彩音は瞬きをして涙を散らして、話題を変える。

「それよりお兄ちゃんはどうなのよ。美優さんとはもう付き合って二年、同棲して一年になるんでしょ？　ほかの社員さんたちに、そろそろ結婚しないのかってたまに訊かれるんだよね」

征一郎の妹であるがゆえに、たまにそう質問される。彩音としては、もちろん本人たちの気持ちが一番大切だと思っているし、いつもそう答えている。けれど、彼は副社長で、おまけに同じ会社でオープンに付き合っているだけに、話題にされるのは避けられないことだった。

「うん、そうだな。そろそろ俺も幸せになろうかな。っていうか、彼女を幸せにしなくちゃいけないよな」

「そうだよ、二人で幸せになって」

兄は目を細めて妹を見た。

「ありがとう。彩音もな」

「わ、私はまだ付き合いはじめたばかりだし！」

「はは、そうだな。だが、いい男ってのはほかの女性に狙われるもんだぞ？　しっかり彼を捕まえておくんだな」

兄がからかうように言い、彩音も同じような口調で返す。

「あれぇ、じゃあ、お兄ちゃんも誰かに狙われたことがあるの？　美優さんを泣かせたら、私が許さないからね！　それに美優さんの同僚も黙ってないと思うよ！」

「大変だ、怖い妹を怒らせないようにしないと！」

兄はおどけた調子で言った。

けれど、兄がなかなか結婚しない理由は、彩音に対して罪悪感のようなものを抱いているからなのだろう、とうすうす感づいてはいた。湊人と付き合う前の彩音には言えなかったが、今の彩音なら嘘ではなく本心として言える。

「私も幸せだから、お兄ちゃんも今よりもっと幸せになってね」

「ああ」

「それじゃ、美優さんによろしくね」

「ありがとう。気をつけて」

彩音は兄に手を振り、歩いて工房に向かった。階段を上がって二階のドアを開けると、父は数人の職人と一緒に、和室でコタツ机を囲んでビールを飲んでいた。

「お父さん……じゃなくて、社長、お休みのところすみません」

「どうした？」

「先ほどカスタマーサービスにかかってきた電話の件でご報告があります」

彩音は美希が受けた電話とそれへの対応について説明した。

聞き終えて、父は酔って赤くなった顔をしかめて言う。

「その対応でいいだろう。ご苦労さま。大変な目に遭ったな。父さんがいなくて悪かった」

父が社長から父親の顔になり、彩音も娘に戻って和室の縁に腰を下ろした。

「でも、どのみちオンラインショップの責任者は私だったし」

「彩音がいてくれてよかったよ」

「実を言うと、まだ気にはなってるの」

「できることはやったんだから、もう気にするな。それよりどうだ、彩音も一緒に飲んでいくか？」

父に缶ビールを差し出されたが、彩音は首を横に振った。

「ううん、今日は遠慮しておく」

「そうか？　なにか予定があるのか？」

「うーん、あったはあったんだけど……」

腕時計を見たら午後九時を回っている。

（今からでも湊人さんに会いたいな）

彩音はバッグからスマホを取り出した。メッセージの受信を知らせるライトが点滅していて、湊人からメッセージが届いていた。

【お疲れさま。仕事は終わったかな？　まだバーにいるので、会えそうだったら連絡してくれると嬉しい】

メッセージの受信時刻は九時ちょうどだった。

（湊人さん、まだバーにいるんだ！）

彼に会える、と思うと仕事の疲れが吹き飛んだ。

「まだ予定は有効みたいだから、お父さんたちと飲むのはまた今度ね」

「そうか、お疲れさま。気をつけていくんだぞ」

「うん。ありがとう」

彩音は湊人に返信のメッセージを打ち込む。

【今終わりました。湊人さんに会いたいから、バーに行くね。二十分くらいで着けると思います】

送信ボタンにタップしようとしたとき、ふと父が言った。

「それで、いつ挨拶に来てくれるんだ？」

「え？」

彩音は顔を上げて父を見た。父は機嫌よさそうな顔で続ける。

「神山副社長に、早く『お嬢さんをください』って言いに来てほしいんだが」

「えっ、な、ど、どうしていきなりそんな話になるのっ!?」

湊人との関係を兄だけでなく父にも気づかれていたことに、彩音は驚きすぎてしどろもどろになった。

父は笑って答える。

「彼は初めてここに来たときから彩音に気があったじゃないか」

「えっ」

「あんなにしっかりした男、そうそういないぞ。彩音がいい人に出会ってくれて、父さんは嬉しいんだ。彩音の幸せは、母さんの分も父さんがしっかり考えてやらんとな」

兄に続いて父にまでしんみりすることを言われて、彩音はまた涙ぐみそうになった。

「お父さん……」

「まあ、いつも彩音に助けてもらってばかりで、あまり父さんは役に立ててない気もするがな」

父は寂しそうに笑って、ビールをゴクリと飲んだ。彩音はスマホをバッグに戻して言う。

「そんなことないよ。お父さんの仕事、私、大好きだもん。お父さんがこの仕事をしてくれてるから、私も毎日楽しいし……」

湊人さんにも出会えたんだから、という言葉は、恥ずかしくて胸の中にとどめておいた。

「それならいいんだが」

「うん。それに、私よりもお兄ちゃんのほうが先に幸せになるべきだし」

「それはそうかもしれんな。美優さんを待たせすぎてはいかん」

「そうだね。じゃ、私はもう行くね」

彩音は立ち上がったものの、父が新しいビールの缶に手を伸ばしたのを見て、「ほどほどにしてね」と付け加えた。

「わはは、目ざといな」

父はバツが悪そうな表情で後頭部をかいた。

「みなさんも飲みすぎには気をつけてくださいね。それじゃ、お疲れさまでした」

彩音はほかの職人にも声をかけて工房を出た。ドアを閉めたとき、一人の職人のからかうような声がドア越しに聞こえてきた。

「社長、あんなこと言って、本当に彩音ちゃんの彼氏に『お嬢さんをください』って言われたら、『かわいい一人娘を嫁にはやらーん！』って、ちゃぶ台ひっくり返すんじゃないですか？」

「安心しろ、うちにちゃぶ台はない！」

父が楽しそうな声で答えた。

(もう、みんな気が早すぎだよ)

彩音は小さく頬を膨らませて外階段を下りる。

(そりゃ……湊人さんとずっと一緒にいられたらいいなとは思うけど……湊人さんがどう思って

るかはわからないし）

そんなことを考えながら、駅まで足早に歩いて電車に乗った。途中で地下鉄に乗り換えて、バーの最寄り駅で降りる。

地図アプリを頼りにたどり着いたバーは、ガラス張りの中層ビルの八階にあった。夜景を見ながらおいしいカクテルを楽しめるというので、カップルに人気らしい。

楽しみでドキドキしながらドアを開けたら、白いシャツに黒いベストとスラックスを着た若い男性店員が立っていた。

「お客さま、恐れ入りますが、ただいま満席となっております」

「あ、えっと、連れが先に来ているんですが」

「でしたら、お席までご案内いたします。お連れさまはどちらにいらっしゃいますか？」

店員に訊かれて、彩音は店内を見回した。

手前のテーブル席はカップルやグループ客で埋まっている。右手奥にバーカウンターがあって、そのまま視線を左に流すと、窓に面したカウンター席に二人掛けの椅子が五脚並んでいるのが見えた。その左端の席に、見慣れた男性の後ろ姿がある。

（あ、湊人さん、いた！）

「あのカウンター席の」

彩音は湊人の席を手で示そうとして、ハッと動きを止めた。彼の左隣に女性の後ろ姿があったのだ。

背中の大きく開いたセクシーなワインレッドのワンピースに、艶《あで》やかなセミロングヘアの女性だ。

「え……？」

だったら、あの男性は湊人ではないのか？

彩音はまじまじと男性の後ろ姿を見た。すると、女性が男性のスーツの肩に頭をもたせかけ、彼が女性のほうを見た。その横顔はどう見ても湊人だ。

女性は少し首を傾げて熱いまなざしで湊人を見つめ、赤く美しい唇を開いてなにか言った。誘うようなたっぷりの色気を孕《はら》んだ表情だ。

その彼女の腰に、湊人の手が触れる。

（え、ど、どういうこと？）

胸が苦しくドクンドクンと音を立てる。

「お客さま？」

店員に声をかけられて、彩音は青ざめた顔を彼に向けた。

「は、はい？」

「お連れの方はどちらのお席ですか？」

「あの、えっと」

彩音の動揺を見て取って、店員が不審そうな顔つきになる。

「お連れの方がいらっしゃらないのでしたら、外でお待ちください」

「あ、いえ、あの、今日はいいです。すみません」

彩音は目を伏せて早口で言って、バーを出た。エレベーターホールに向かって歩き出そうとしたが、まっすぐ立っていらず、壁に手をつく。

(あの人は……誰？　私、二十分くらいで着くってメッセージを送ったのに)

彩音はバッグからスマホを出してメッセージアプリを開いた。けれど、画面を見て愕然《がくぜん》とする。

メッセージは入力画面に残ったままで、送信されていなかった。

送信ボタンにタップしようとしたとき、父に話しかけられて、そのままになっていたようだ。

(じゃあ、湊人さんは私が来ないと思ったから、別の人を誘ったの？)

そのとき、かつて見たネットニュースの記事が頭に浮かんだ。

【イケメンホテル御曹司の本命は誰？】

(『あんなニュース、信じないでくれ』って言ってたのに。私のこと、好きだって言ってくれたのに。本当は違ったの……？)

さっきバーで湊人の肩にもたれかかった女性は、あのネットニュースで取り上げられていたどの女性にも負けないくらい美しかった。

甘く整った顔立ちの湊人に、艶やかな色気のある女性。

二人だけの世界にいるようだった。

彩音は自分の服装を見下ろす。

結局着替えずに来てしまったので、普段仕事で着ている白いシャツと黒のパンツスーツだ。コートも実用性重視のベージュのウールコート。メイクだって仕事中のナチュラルなまま。

あの女性にも、ニュースになっていたセレブな女性たちにも、到底敵《かな》わない。

彩音は下唇を強く噛みしめて、駅に戻りはじめた。


誰もいない家――母が亡くなるまで家族四人で暮らしていた十階建てマンションの二階の部屋――に戻ったときには、午後十時を過ぎていた。

「ただいま」

リビング・ダイニングの電気をつけて、棚に置いた母の写真に声をかける。

コートを脱いでスーツのジャケットと一緒にハンガーラックにかけて、冷蔵庫を開けた。カクテルの缶を出して、ソファにどさりと座った。自分へのご褒美にと買っていたカシスオレンジを一気に空けて、ソファに横になる。

「はぁ……」

腕を顔にのせてため息をついた。

(そもそも私って……湊人さんの本命だったのかな)

彼の言葉を信じたいが、バーでの様子を思い出すと自信が持てない。

恋愛関係になくても、男女が一緒に食事をすることはあるだろう。でも、あの二人の様子を見たら、単なるビジネスパートナーや友人関係とは思えない。

元カレと別れて以来、仕事以外では男性とかかわらないようにしてきたけれど、それくらいはわかる。

（湊人さんには私以外に、呼べばすぐ来てくれる女性がいるってことなんだろうか。そんな人じゃないと思ってたのに）

どんどん疑心暗鬼になる。答えの出ない問いをぐるぐる考え込んで、気持ちが深く沈んでいく。

「あーっ、もう！」

彩音は大声を上げてムクッと起き上がった。頭を悩ませるのが嫌になって、シャワーを浴びることにする。

乱暴に服を脱いでバスルームに入り、熱めのシャワーを浴びた。無心になろうと髪と体を隅々まで念入りに洗ったけれど、頭の中では湊人とあの女性が寄り添うシーンがエンドレスで再生されていた。

結局すっきりしないまま、パジャマを着て自分の部屋に入った。スマホを充電しようとバッグから出したとき、湊人からメッセージが届いているのに気づく。

【まだ仕事中なのかな？　彩音はがんばり屋だけど、がんばりすぎないか心配だ】

メッセージを読んで、彩音は眉を寄せた。

(なんでこんなメッセージを……？　私がバーに来ないか確認してるのかな)

彩音は考えながら文字を入力する。

【心配してくれてありがとうございます。もう仕事は終わって帰宅しました。連絡しなくてごめんなさい。もしかして湊人さんはまだバーですか？】

彩音が送信したメッセージに、少しして返信がある。

【もう帰ろうかなと思っていたところだ】

【ずっとおひとりで飲んでたんですか？】

つい探るような文章を送ってしまった。

【飲みたい気分だったから来ただけだよ。まあ、彩音に会えたら嬉しいかなって期待はしてたけど、一人で飲むのは嫌いじゃないから気にしないで】

文字を打ち込もうとした彩音の手が、ピタリと止まる。

(一人で飲むのは嫌いじゃないって……隣に女性がいるくせに！)

よくもそんな嘘を、と手を震わせたとき、また湊人からメッセージが届いた。

【明日は会える？】

悲しみとみじめさに怒りが混じり、彩音は気持ちのままに断りの言葉を入力する。

【ごめんなさい、明日は家の用事が入ってしまって】

【わかった。また連絡するよ。今日はゆっくりおやすみ】

湊人の返信を確認して、彩音はスマホを置いた。

いざ彼と会わないことが決まると、今度は怒りよりも不安が強くなる。

彩音が来ないとわかって、湊人はあの女性とこれから一緒に夜を過ごすんじゃないか。夜だけでなく、明日も一日……。

(やっぱり明日会うことにすればよかったかな。でも、なにも知らないふりはできないし……かといって問い詰める勇気もないし……)

どうしたらいいのかわからなくて、彩音は枕に顔をうずめた。

考えれば考えるほど、頭がどうにかなりそうだった。

第六章　秘書の正体

「では、ご希望内容を取り入れたデザイン案を作成しまして、改めてご連絡いたしますね」

山野辺一級建築士事務所の社長の言葉に、向かい側のソファに座っていた五十代の夫妻が軽く頭を下げた。

「はい、どうぞよろしくお願いします」

水曜日の午後、リフォームの相談を受けた山野辺社長からの依頼で、インテリアコーディネーターとして同席した彩音も、社長と一緒にお辞儀をする。

「こちらこそよろしくお願いいたします」

夫妻に見送られて、彩音は社長と一緒に築三十年の二人の家を後にした。いつの間にかすっかり日が落ちていて、暖かい室内から出ただけに、かなり寒く感じる。

近くのコインパーキングに着いて、彩音は社長に向き直った。

「それでは、本日はこれで失礼いたします」

彩音は社用車に乗り込もうとしたが、社長に「若木チーフ」と呼び止められた。

「はい？」

七十近い社長は細面の顔に申し訳なさそうな色を浮かべる。

「この前は、うちの息子がすまなかったねぇ。取引先の方にもご迷惑をかけたと、君のお父さんに厳重に抗議されたよ」

社長の息子の佳尚が若木家具工芸に押しかけてきた件だろう。

彩音は淡々と答える。

「もうああいったことが起こらないようにしていただければ、私はそれで構いません」

「ありがとう。本当に申し訳ない。私が佳尚を甘やかしすぎたのもあるんだろうけど、同じ業界にかかわる若い世代として、二人が一緒にこの仕事を盛り上げていってくれたら……なんて期待をしてしまったのが、佳尚にも伝わったのかもしれない」

社長は寂しげにため息をついた。彩音はなんと答えていいかわからず、黙って立っていた。

冷たい風が吹いて足元で枯れ葉が舞い、社長は小さく身震いして言う。

「寒さが身に応えるよ。佳尚に事務所を任せて引退したいものだが、そうもいかない。若木チーフのようなしっかりした女性がそばにいてくれれば、息子もしゃんとするんじゃないかと思うんだが……やはり佳尚ではダメなんだろうか？」

「申し訳ありません。私は――」

お付き合いしている人がいます、と言いかけて躊躇《ちゅうちょ》する。

先週末のバーでの湊人と女性の様子が頭から離れないのだ。

「親バカかもしれんが、悪い男ではないんだよ。君のことを一途《いちず》に想っているのは確かなんだ」

「申し訳ありませんが、佳尚さんとはこれまでどおり仕事上の関係でいさせてください」

彩音はどうにか言葉を絞り出した。

「そうか……しつこく言って申し訳ない。佳尚には仕事と勉強に専念させるよ。君には迷惑をかけないように注意するから、今後ともうちとお付き合いいただければと思うよ」

「はい、こちらこそ若木家具工芸をよろしくお願いいたします」

彩音はお辞儀をした後、社長が車に乗り込むのを見送った。白いセダンが走り出し、彩音も社用車に乗る。バッグを助手席に置いたとき、スマホがメッセージの受信音を鳴らした。取り出して確認すると、湊人からメッセージが届いている。

【毎日どうしてる？　俺は一週間以上彩音に会えなくて元気じゃない】

返信の言葉が思い浮かばず、スマホをバッグに戻した。

（私だって元気じゃないよ）

バーで寄り添っていた女性のことが気になって仕方がないのに、訊くことができない。湊人からのメッセージも、ほとんど既読スルーにしてしまっている。

エンジンをかけてアクセルを踏んだ。道は空いていて、若木家具工芸の本社オフィスには十五分ほどで着いた。車から降りてスマホを確認すると、また湊人からメッセージが届いていた。

【先週末に会えたら言おうと思ってたんだが、今週の土曜から二週間、出張でイタリアに行くんだ。お土産のリクエストはある？】

【お土産はお気遣いなく。どうぞお気をつけて】

彩音はすばやく返信をして、スマホをバッグに入れた。


『スプリーム・ホテルズの神山副社長からお電話です』

金曜日の朝一番に受付から内線電話がかかってきた。

「えっ」

湊人は仕事でも彩音のスマホに直接電話をかけてくる。彩音は怪訝に思いながらも「つないでください」と答えた。

『神山です。いつもお世話になっております』

つながった電話から、湊人のビジネスライクな声が聞こえてきた。戸惑いながらも、同じように返す。

「あ、はい。こちらこそお世話になっております」

直後、電話の向こうから小さく笑い声が聞こえてきた。

『君とこんなふうに話すのは変な気がするな』

「そうですね。普段はスマホでやりとりしますから。それで、本日はどういったご用件でしょうか？」

わざわざ会社の番号にかけてきたのだから、完全に仕事の話だろう。

そう思って待っていると、湊人の声が聞こえてきた。

『先日連絡した件だが』

「ええと、どの件でしょう？」

『思い当たらない？』

「ペンションの件でしたら、引き渡し日に変更はありませんが」

『それではなく、水曜日にメッセージを送った件だ』

少し考えて、もしかして、と思う。

「イタリア出張のお土産の件ですか？」

『ああ』

「それでしたら、不要だと申し上げましたが」

『なぜだ？』

「なぜって……必要ないからです」

『俺が彩音のために買いたいんだ。ヴェネチアングラスの工芸品やシチリアの陶器はどうかな？』

(ヴェネチアングラス⁉　シチリアの陶器ってマヨルカ焼き⁉)

ヴェネチアングラスといえば、ヴェニスのムラーノ島で作られる華やかな美しさが見事なガラス製品だ。職人によって一つひとつ手作りされるそれは、芸術品といっていい。

一方のマヨルカ焼きは、中世にスペインのマヨルカ島からシチリアに伝えられたとされているため、そう呼ばれている。白地に鮮やかな彩色が特徴で、光沢が強く美しいことで有名だ。

手に入りにくい伝統工芸品を挙げられて、心が動きそうになったが、心を鬼にしてぐっとこらえる。

「で、でも、必要ないんです」

『うーん、遠慮しなくてもいいのに。それなら、イタリアンレザーとかジュエリーとか、彩音に似合いそうなものを全部買ってきて、好きなものを選んでもらえばいいか。いや、そんな必要はないな。君に似合うものなんだから、すべて贈ろう』

湊人の口調が至って真面目だったので、彩音はあわてた。

「それは困ります！」

『だったら、欲しいものを教えてほしい。それと、どうしてよそよそしい態度を取るのかも』

湊人の声がぐっと低くなった。それが本題だったらしい。

「それは……」

彩音は返事に困った。バーの女性のことは気になるが、回りにほかの社員がいるこの状況では話せない。

それを見越したように、湊人の声が聞こえてくる。

『今話せないなら、仕事の後、会って話そう。終業時刻に迎えに行く』

会社に来られたら、父や兄と顔を合わせる可能性がある。彩音と湊人の関係をあんなに喜んでくれていた二人の前で、湊人の不実を問い詰めたくはない。

そう考えて、急いで言う。

「それには及びません。私がお伺いします。ラウンジで待っていますから」

『わかった。着いたら連絡してくれ』

「わかりました」

彩音は受話器を置いて、大きく息を吐き出した。

いつまでも彼を避けつづけるわけにはいかない。不安定な気持ちでヤキモキするくらいなら、思い切って彼と向き合おう。

そう心を固めて、乱れそうになる気持ちをどうにか仕事に戻した。

仕事の後、彩音は地下鉄とゆりかもめを乗り継いで、スプリーム・ホテル東京ベイに向かった。

言われたとおりラウンジで待ち合わせて、彼と一緒にエレベーターホールに向かう。

エレベーターに乗って三十五階の湊人の部屋の前に着くと、彼がカードキーでロックを解除した。

「どうぞ」

湊人が大きくドアを開けたが、彩音は部屋の前に立ったまま口を開く。

「訊きたいことがあるんです」

「なに？」

湊人はドアから手を離して彩音に向き直った。彩音は両手をギュッと握りしめる。

「あの女性は誰ですか？」

「あの女性って？」

湊人が怪訝そうに眉を寄せた。心当たりがない、と言いたげなその表情に、彩音は声を荒らげそうになったが、どうにか冷静に言葉を発する。

「私が待ち合わせに行けなくなった先週の金曜日です。湊人さん、女性と一緒にバーで飲んでましたよね？」

「先週の金曜なら、俺は一人で飲んでいた。いったい誰にそんなことを言われたんだ？」

「誰でもありません。私、仕事が終わった後、バーに行ったんです」

「それなら、連絡をくれたらよかったのに。俺が――」

湊人の言葉を遮るように、彩音は怒りを吐き出す。

「私が連絡したら、ほかの女性を呼ばなかったのにって言いたいんですか!?　私は連絡したつもりだったんです。でも、メッセージを送信できてなくて。湊人さんが別の女性を呼んだって知ってたら、行ったりしなかったのに！」

冷静になろうと思っても、もう無理だった。涙が込み上げてきて湊人を睨んだとき、彼に右腕を掴まれて、部屋の中に引き込まれそうになる。

「あっ」

足を踏ん張ったが、彼の力に敵うはずもない。室内に引っ張り込まれて、背後でドアがパタンと閉まった。

「なにするんですかっ」

左手で湊人の手首を掴もうとしたとき、腕にかけていたコートとバッグが落ちた。次の瞬間には彼の腕の中に閉じ込められていた。

「離してくださいっ！」

「嫌だ」

湊人の胸に両手を押し当てたが、彼に強く抱きしめられて身動きが取れない。

「私だって嫌ですっ。私以外に湊人さんにあんなふうに触れる女性がいるなんてっ」

「ごめん」

湊人が謝るので、余計に彩音の頭に血が上る。

「謝られたって許せませんっ。ほかに女性がいるなら、優しい言葉なんてかけないでほしかった。そしたら……そしたら、あなたのこと、こんなにも好きにならなかったのに！」

両手のこぶしを握りしめて湊人の胸を叩こうとしたとき、その両手首を掴まれて壁に背中を押しつけられた。

「俺も好きだ」

「だったら、どうしてあの人とっ」

「それについては説明させてくれ。彼女は秘書だ」

「そんなの信じられません。ただの秘書があんなふうに湊人さんに寄り添うなんて！」

「嫉妬してくれたのか？」

湊人に目を覗き込まれて、彩音はキッと彼を睨んだ。

「悪い!?」

「嬉しい」

湊人は額を彩音の額に軽く当てた。

「は？」

「彩音がヤキモチを焼いてくれて嬉しい」

「わ、私は怒ってるのっ」

「初めて会ったときもそうやって怒ってた。目がキラキラして、頬が赤くなって、すごくきれいだった」

「変なこと言ってごまかさないでくださいっ」

「変なことは言ってないし、ごまかしてもない。彩音をきれいだと思うのは本当だ。それに、彼女が秘書だということも。あの日、彼女もあそこで友人と飲んでいたんだそうだ。帰ろうとしたときに、俺が一人で飲んでいるのを見かけて声をかけたと言っていた。だが、相当酔っていて、俺にもたれかかって来たから、支えただけだ。彩音が見たのはそのときだろう」

彩音はバーでの出来事を頭の中で再生する。

確かに彼が言うとおり、先に彼女がもたれかかり、湊人が支えるように腰に手を添えた。

「……本当に？」

「ああ。それより、そのせいで彩音を傷つけてしまって、すまない」

湊人が申し訳なさそうな表情になって、彩音の頬を軽く撫でた。

「さっき『ごめん』って言ったのは、それが理由で……？」

「そうだ。彩音を傷つけるくらいなら、彼女が倒れようが放っておけばよかった」

湊人が真顔で言い、彩音の肩から力が抜ける。

「さすがにそれはダメですよ」

「そうかな」

「はい。そもそも私が早とちりしたから、いけなかったんです。勇気を出して湊人さんに声をかけていれば、変な誤解をせずに済んだのに」

「今度からは絶対に声をかけてくれ。誰よりなにより彩音を優先するから」

そんなふうに言われて、あんなに悩んで落ち込んだことがバカらしくなると同時に、誤解をして声を荒らげたことが恥ずかしくなる。

「そっけなくしたり、怒ったりしてごめんなさい」

「誤解が解けたなら、それでいい」

湊人は言って彩音の頬に口づけた。彼の唇が耳たぶへと移動し、くすぐったさから彩音は首をすくめる。

「湊人さん、あの、私、今日は帰ろうと思ってて」

「どうして？」

耳たぶを口に含んだまま湊人がしゃべり、彩音の腰の辺りが淡く痺れた。

「だ……って、明日、イタリアに出発するんでしょう？　飛行機に長時間乗るんだから、疲れないほうがいいと思うんです」

「彩音は俺が疲れると思うのか？」

「疲れるでしょう？　私、いつも飛行機に乗る前日は、しっかりご飯を食べてぐっすり眠るんです。そうしたら、現地に着いたとき、すぐに元気に活動できるから」

「それなら問題ない」

湊人が舌先をくちゅりと耳孔に差し込み、彩音は腰が砕けそうになった。

「あっ」

「俺がぐっすり眠れるように協力してくれたらいい」

湊人はささやくように言って、彩音にキスをしながら器用にスーツの上着を脱ぎ捨てた。彩音の背中を壁に押しつけて、彼女のジャケットのボタンを外す。

「でも、こんなことしたら……余計に」

彩音は彼のキスを受けながらも、抗議の声を発した。けれど、舌先で歯列をなぞられ、上顎をくすぐられて、理性がどんどん形を失っていく。

疲れちゃいますよ、という言葉が喉の奥で消えたときには、ブラウスのボタンも外され、前をはだけさせられていた。

ブラジャーを押し上げられ、露《あら》わになった膨らみを大きな両手に包み込まれる。指先を沈められ、やわやわと揉みしだかれて、先端が芯を持った。硬くなったそれを手のひらで転がされて、吐息がこぼれる。

「は……っ」

その片方を指先でつままれ、もう片方に吸いつかれた。

「やんっ」

「彩音」

甘い声で呼ばれて目線を下げたら、上目遣いになった湊人と視線が絡まった。

彼は赤い舌を突き出して、見せつけるように舌先でゆっくりと尖りを転がした。濡れたそれが、彼の舌に捏ねられ、弾かれるたびに赤く色づき、恥ずかしさと快感で体がカァッと熱を持つ。

「湊人さぁん」

ついねだるような声がこぼれた。

「もう帰りたくなくなっただろう？」

湊人は彩音のスーツのパンツに手をかけた。

ボタンが外されファスナーが下ろされて、しなやかな生地がすとんと足元に落ちる。

「湊人さんがそんなふうにするから……」

「彩音を帰したくないからだよ」

ショーツの中に彼の手が忍び込み、指先で蕾《つぼみ》を捏ねはじめた。

「あ……っ、んんっ」

指の腹で転がされ、こすられて、蜜口が物欲しげにヒクヒクと疼く。

「んっ、あ、ああっ」

脚が震えて立っていられなくなり、彩音は湊人の肩を掴んだ。

「もう少し我慢して。もっとよくしてあげるから」

ショーツを引きずり下ろされ、反射的に閉じそうになった脚の間に、湊人が跪《ひざまず》いた。

「ほら、脚を開いて」

「やっ、恥ずかし……」

けれど、両手で太ももを押さえた湊人が脚の間に口づけた。そのまま割れ目を蕾までゆっくり舐めあげられて、ビクンと腰が跳ねる。

「あぁんっ」

壁にもたれるように腰を押しつけたら、それ以上逃げられないのをいいことに、蜜壺に舌が差し込まれた。くちゅくちゅと音を立ててナカをかき回されて、羞恥が快感を高めていく。同時に指の腹で蕾を転がされて、体の奥からとろりと熱いものがこぼれた。それを音を立ててすすられて……。

「あっ、やっ、あぁぁっ！」

彩音は脚を震わせながら、快感に嬌声を上げた。くずおれそうになったところを、立ち上がった彼に支えられる。

「湊人さん？」

「しっかり掴まって」

耳元で劣情を帯びた彼の声がささやき、彩音は両手を湊人の首に絡めた。

彼は手早くスーツのパンツとボクサーパンツを脱ぎ捨てて、彩音の左脚を持ち上げた。彩音が脚を彼の腰に絡ませると、欲望の先端が蜜口に触れ、そのままぐっと押し込まれた。

「ふ……あ、ああっ」

つながったまま、湊人は彩音の右脚も持ち上げた。

「あ、やっ、嘘ぉ……っ！」

彼に抱き上げられて腰を引き寄せられると、自分の体の重みで、ずぶずぶと奥まで強直が沈んでいく。内臓を押し上げるように最奥を抉《えぐ》られて、背筋をビリビリとした刺激が駆け上がった。

「こんなのダメぇ」

あまりに強い快感に理性が飛びそうで、彩音は必死で湊人にしがみついた。下腹部がうねるように収縮して、彼の太さと硬さを熱く感じる。

「どうしよ……」

「気持ちいい？」

「ん……すごく……いい」

「俺もだ」

抱き上げられたまま軽く体をゆすられて、あえなく絶頂へと押し上げられる。

「ふっ、ああーっ」

立て続けに快楽を与えられて全身が甘く痺れ、彼にぐったりと体を預けた。

「こんなの……すごすぎ……」

耳元で湊人がクスリと笑う。

「こんなもんじゃない」

直後、愉悦の冷めない体を再びゆすられた。とろけた内壁をこすられて、ぐちゅぐちゅと淫靡な水音が響く。

「あ、ああっ」

気持ちよすぎて抗《あらが》えない。彼にしがみつくことしかできない。大好きな人を全身で感じながら、翻弄される。彼の動きが速くなり、またもや快感が押し寄せてくる。

「も、ダメ……ああっ、あ……ああーっ！」

彩音が背をのけぞらせるのと同時に、体の奥で熱いものが弾けた。

「おはよう、彩音」

頬にそっとキスが落とされて、彩音はぼんやりと目を開けた。パチパチと瞬きを繰り返すと、
昨日、抱き合ったまま眠りに就いたはずの湊人は、白いワイシャツにチャコールグレーのスーツ
を着て、ベッドの横に立っていた。

「あっ、もう出発ですか？」

あわてて起き上がろうとすると、今度は唇にキスをされた。

「朝早いから、まだ寝てたらいい」

「でも、お見送りしたいです」

彩音は服を探してベッドルームを見回したが、下着もスーツもない。

「服はクリーニングに出しておいたのが、戻ってきてリビングルームに置いてある。ルームサー

ビスも頼んでおいたから、ゆっくり食べるといい」

いつの間にそんなことをしてくれていたんだろう。

驚きながらも礼を言う。

「ありがとうございます」

けれど、やっぱり見送りたくて、胸元をタオルケットで隠しながら体を起こした。すると、湊人が彼女の肩に口づける。

「そうやって恥ずかしそうにされると、煽られてる気分になるな」

「えっ」

「まあ、隠さなかったら即座に押し倒してるけど」

湊人がいたずらっぽく笑うので、彩音は「もう！」と頬を膨らませた。その尖った唇に湊人がチュッとキスをする。

「離れがたいな」

湊人はベッドの縁に腰かけて彩音を抱きしめた。彩音は、私もです、という言葉をのみ込んで、彼の背中をポンポンと撫でる。

「でも、行かないとですよね」

「行きたくない」

湊人が彩音の肩に顔をうずめ、彩音は思わず笑みをこぼした。

「私にお土産を買ってきてくれるんでしょう？　マヨルカ焼きのマグカップがいいです。湊人さんとお揃《そろ》いにして、一緒にコーヒーを飲みたいな」

「うーん、そんなふうにかわいく言われたら、行くしかないな」

湊人は仕方なさそうに顔を上げた。

「気をつけて行ってきてくださいね」

「ああ」

湊人が答えたとき、部屋のインターホンが鳴った。

「迎えの秘書だな」

湊人はポケットから名刺サイズのプラスチックカードを出して、彩音の手にのせた。

「カードキーを渡しておくから、いつでもおいで」

見ると、深い藍色に金色の文字で〝SUPREME HOTEL TOKYO BAY〟と印字された高級感のあるカードキーだ。

「ありがとうございます」

「キーを持ってる人間しかこのフロアには入れないから」

その言葉に、彼の特別な存在になれたようで、彩音は表情をほころばせた。

「そうなんですね。嬉しいです」

催促するように、もう一度インターホンの音が響く。湊人は小さく息を吐くと、彩音の頬に軽くキスをした。

「せっかくの休日なのに、一緒に過ごせなくてすまない。彩音はゆっくり食事をして、好きなだけくつろいでくれ」

湊人は彩音の手をギュッと握って立ち上がった。彩音はタオルケットを体に巻きつけて、ベッドを下りる。

ベッドルームのドアを開けて、湊人は振り返って彩音を見た。目が合って、引き寄せられるように唇が重なる。しっとりと触れた唇は、名残惜しそうにゆっくりと離れた。

「帰国したら連絡する」

「はい。いってらっしゃい」

湊人は彩音の頬に人差し指で軽く触れると、リビングルームに置いていたスーツケースを引いて歩き出した。リビングルームのドアの向こうに彼の姿が消えて、玄関ドアが開く音がする。

「おはようございます、副社長」

若い男性の声が言った。

「待たせてすまない」

湊人の声に「大丈夫です。荷物をお持ちしますね」という声が答える。

ドアが閉まって二人の声が聞こえなくなり、彩音はバスルームに向かった。

すりガラスのドアを開けたバスルームは、彩音の家のバスルームの四倍くらいはある。大きな円形のバスタブにはたっぷりと湯が張られていて、赤やピンク、白色のバラの花弁が浮かんでいた。

（わあ、ロマンチック）

体を洗って、そっとバスタブに入る。バスタブに面した大きな窓からは朝の東京湾が臨め、薄曇りの空の下、白く壮麗なレインボーブリッジが見えた。

広いバスタブで思いっきり手足を伸ばしてくつろいだ後、きれいにクリーニングされていた服を着て、ダイニングルームで朝食を取った。

テーブルにはオレンジジュース、ポットに入ったコーヒー、ヨーグルト、カットフルーツ、新鮮な野菜のサラダ、カゴに盛られたクロワッサンやデニッシュなどのパンが並んでいる。

（湊人さんと一緒に食べられたらよかったんだけど……）

けれど、彼のことだ。彩音をゆっくり寝かせておいてあげたかったんだ、などと言いそうだ。

「ごちそうさまでした」

食べ終えてフォークを置いたとき、紙ナプキンスタンドの下に白い紙が置かれているのに気づいた。二つ折りにされたそれを手に取って広げたら、整った文字でメッセージが書かれている。

【これを見つけたときには、もう食べ終わっているかな。昨日は会いに来てくれて嬉しかった。気をつけて行ってくるよ。お土産、楽しみにしてて。湊人】

彼らしい力強い筆跡に、自然と頬がほころんだ。

コーヒーを飲んでゆっくりした後、湊人の部屋を出た。コートとバッグを持って、エレベーターで一階に下りる。出入り口に向かおうとしたとき、女性の声で名前を呼ばれた。

「若木さん」

立ち止まって声が聞こえてきたほうを見ると、ロビーのソファに座っていた女性が立ち上がった。

同い年くらいで、彫りの深い顔立ちをしている。艶のあるダークブラウンの髪を後頭部で一つにまとめていて、黒のワンピースにグレーのジャケットがキリッとした知的な印象だ。

(誰だろう?)

見覚えがある気がするが、名前が思い出せない。

取引先の方か、それともクライアントのご家族か……。彩音が頭を悩ませている間に、女性はハイヒールの音をさせながら彩音に近づいてきた。

「今お帰りですか」

彩音の前に立って、彼女は尋ねるというより咎《とが》めるような口調で言った。

「はい」

「少しお話ししたいのですが」

女性の雰囲気に穏やかならぬものを感じて、彩音は慎重に言葉を発する。

「失礼ですが、お名前を伺っても……?」

女性はわずかに顎を持ち上げて、彩音を見下ろした。

「スプリーム・ホテルズ社長秘書の川内佐央里です」

秘書、と聞いて思い当たった。バーで湊人にもたれかかっていた女性だ。あのときは髪を下ろしていたし、今のような知的な雰囲気のメイクではなく、濃く華やかなメイクだったから、すぐにはわからなかった。

「はじめまして。若木家具工芸の若木彩音です」

若木さん、と呼び止められたのだから、彼女は彩音のことを知っているだろうとは思ったが、念のため名乗った。

「知っています」

佐央里がふっと鼻で笑った。小バカにされたようで恥ずかしくなったが、彩音は平静を装う。

「そうですか。それで、どういったご用件でしょう?」

彩音の問いに、佐央里は視線でパティオにつながるドアを示した。

「外で話しましょう」

応接室などに通されないことからも、仕事関係の話ではなさそうだ。

彩音は漠然とした不安を覚えながらも、佐央里に続いて廊下を歩いた。佐央里がガラス戸を押して、パティオに出る。夏ならば噴水が涼しげだが、今はキリッと冷えた初冬の空気に水音が物寂しく聞こえる。

石畳の通路を進んでツタの絡んだラティスのそばまで歩くと、佐央里は振り返って彩音と向き合った。

「若木さんは副社長とどういうつもりで付き合っているんですか？」

いきなりプライバシーに踏み込んでこられて、彩音はムッとしながらも、慎重に答える。

「なぜそれをあなたにお答えしないといけないんでしょうか」

「あなたが彼に本気になっているようだからです」

「副社長のプライバシーにまで干渉するのは、業務の範囲を逸脱していると思いますが」

彩音がひるまないのに苛立《いらだ》ったのか、佐央里は腕を組んで右手で左肘をトントンと叩く。

「身の程知らずですね」

「それはあまりに失礼じゃないですか？」

「本当のことを言ってるだけです。私は川内ファニチャーの社長令嬢です。同じ社長令嬢でも、若木家具工芸みたいな小企業のあなたとは格が違うんです」

（スプリーム・ホテルズの社長秘書が川内ファニチャーの創業者一族だったなんて）

彩音は内心驚いた。

川内ファニチャーは、日本では知らない人がいないと言えるくらい、有名な家具・インテリア用品の大手量販店だ。機能を最低限に抑えて大量生産することで、製品を低価格で提供している。

同じ家具業界で仕事をしているものの、若木家具工芸とは顧客層と価格帯が大きく異なるため、仕事上の付き合いはない。

それなのに、なぜこんなことを言われなければならないのか。

「そんなお話でしたら、これ以上聞きたくありませんので、失礼します」

彩音は佐央里に背を向けた。歩き出した彼女に、佐央里が声をかける。

「あなた、湊人さんとの関係をちゃんと遊びだって割り切ってるんですか？」

「は？」

彩音は足を止めて振り向いた。佐央里がコツンとヒールの音をさせて彩音に一歩近づく。

「わざわざここの副社長室にまで押しかけてくるなんて、とてもそうは思えないんですけど」

「いったいなにが言いたいんです？」

彩音は目を細めて佐央里を見た。佐央里はこれ見よがしにため息をつく。

「湊人さんに忠告しておいたんですけどね……。若木さんはほかの女性たちと違って遊び慣れてなさそうだから、付き合ったら面倒なことになりますよって。でも、彼、手に入りにくい女性には燃えるみたいで」

「なにを言って……」

眉を寄せる彩音を、佐央里は鋭い目で見据えた。

「いいですか、私がスプリーム・ホテルズの社長秘書をしているのは、社長が私と湊人さんの結婚を望んでいるからなんです」

「えっ」

「社長は、ゆくゆくは私が湊人さんと結婚して、スプリーム・ホテルズの社長となった彼を支えてほしいと考えているんです」

「まさか……」

言葉を失う彩音に、佐央里は勝ち誇った表情で続ける。

「本当ですよ。湊人さんだってそのことはわかっています。あの容姿と肩書きですから、女性が放っておかないんですよね。彼も今は自由に恋愛を楽しんでいますが、それは社長を継ぐまでです。あなたのことも、若木家具工芸と仕事をしている間の気まぐれですよ。あなたはこれまで彼に近づいてきた女性とはタイプが違うので、湊人さんは興味を持っただけ。もう少しあなたとの関係を楽しみたいから、ペンションの仕事を依頼したけど、それが終わったらあなたとの関係も終わらせるっておっしゃってましたよ」

「そんなはずは……」

「ないって言うんですか？　私、先週の金曜日、彼にバーに誘われたときに言われたんです。『長く君を待たせてしまったけど、もうすぐ若木チーフとの関係を終わらせるから、正式に婚約を発表しよう』って」

佐央里の言葉を聞いて、彼女が湊人にもたれかかっていたバーでの様子が脳裏に浮かんだ。

「で、でも、あれはあなたが友人と飲んでて、それで彼を見かけて声をかけたって」

「あら、あのとき、あなたもいたんですか?」

佐央里は眉を上げて言った。

「いた、というか、遅れて行ったんです」

「目撃したあなたに、湊人さんは私が友人と来てたって説明したんですね?」

佐央里に訊かれて、彩音は無言でうなずいた。

「そんなの湊人さんの嘘に決まってるじゃないですか」

畳みかけられて、彩音は唇を引き結んだ。

佐央里は大きなため息をつく。

「やっぱりあなたは本気になってしまったんですね。結局、私が副社長に忠告していたとおりになってしまった……。ここまであなたを傷つけてしまうなんて、副社長も罪な人ですよね」

最後は同情するような口調で佐央里は言った。

(でも、湊人さんが今まで言ってくれた言葉が、全部嘘だったなんて信じたくない……)

彩音は視線を落として、両手をギュッと握った。

「現実を知ってつらいでしょうけど、これ以上深入りする前にわかってよかったでしょう? あなたとの関係は、これまで噂になったほかの女性と同じく、束の間《つかま》の関係です。彼のお父さまの秘書を務める私と違って、あなたは彼の将来になんの役にも立たない邪魔な存在」

コツコツと足音を立てながら、佐央里が彩音に近づき、隣に並ぶ。

「悲劇のヒロインぶらないで、私のことも少しは考えてほしいです。いくら将来が約束されているとしても、彼がほかの女性とイチャイチャするのを近くで見るのは、いい気がしませんから」

彩音はそっと左側を見た。横目で彼女を睨む佐央里と視線が合う。彩音は息が詰まりそうになりながらも、問いをぶつけた。

「……あなたは、自分の好きな人がほかの人と付き合うのに、ずっと耐えてきたってことですか？」

佐央里は表情を歪めたが、すぐに前を向いた。

「……仕方ないじゃないですか。彼はそういう人なんですから」

佐央里は押し殺したような声で言って、パティオを出ていった。

第七章　想いは全身全霊で

『彩音ぇ、お土産持ってきたぞー』

インターホンのモニタに映った兄の声を聞いて、彩音はマンションのオートロックの解除ボタンを押した。

一週間前、フォレストのインテリアリフォーム完了後、リニューアルオープン前にぜひ泊まってほしいと朝比奈夫妻からお誘いがあった。お言葉に甘えて、昨日の土曜日、兄と恋人の美優を泊めてもらったのだが、『夫妻からお土産を預かったから、帰りに寄りたい』と兄から電話があったのだ。

「どうぞ」

数分して部屋のインターホンが鳴り、ドアを開けて二人を迎えた。兄はセーターにジーンズというラフな格好で、美優もワンピースにカーディガンというカジュアルなスタイルである。

「お邪魔します」

兄に続いて美優が廊下に上がり、彩音は二人をリビング・ダイニングに通した。

「これ、朝比奈さんから預かってきたお土産。ラズベリーヨーグルトケーキだって。冷凍してあるから、日持ちするるって言ってたよ」

兄が紙袋を差し出し、彩音は「ありがとう」と礼を言って受け取った。

「お兄ちゃんたちと一緒に食べたいと思ったんだけど、冷凍だったら無理かな？」

「そうだな。とりあえず冷凍庫に入れて、彩音が好きなときに解凍して食べたらいいよ」

「そうする。じゃあ、せっかく来てくれたから、コーヒーでも飲んでいって」

「ありがとう」

「ありがとうございます」

兄と美優が並んで二人掛けのソファに座り、彩音はキッチンに向かった。冷凍庫にケーキを入れて、コーヒーメーカーをセットする。

「フォレスト、すごくよかったぞ」

兄がソファの背もたれに腕をかけ、振り返って対面キッチンにいる彩音に声をかけた。

「それならよかった」

「インテリアリフォームが完成したお祝いとお礼に、リニューアルオープン前に無料で泊まらせてくれるなんて、朝比奈さんたちは太っ腹だな」

「そうだね。食事はどうだった？　お二人のお料理とデザート目当てで予約がすぐにいっぱいになるって聞いたよ」

彩音が訊くと、兄は興奮した口調で話しはじめる。

「そりゃあ、もう！　すばらしかったよ。新鮮な食材に繊細な味付け。あそこまで行って食べたいって思うみんなの気持ちがわかったよ」

「そうなんだ」

「俺は秋野菜の和風テリーヌが一番気に入ったな。野菜の甘みとだしの優しいうまみが最高だった」

「それを言うなら、私は茶碗蒸しだな～。あんなにだしの香りと口どけのいい茶碗蒸しは初めてだったもん。あと、デザート！　和栗《わぐり》のモンブランも最高だったよね！　スポンジが軽くてマロンクリームが口の中でほろっとほどけていくみたいで。しっかり食事をいただいたあとでも、ぺろりといけちゃった」

二人はそのまま思い出話に花を咲かせはじめた。仲睦《むつ》まじい二人の雰囲気が羨ましい。

(いいなぁ……)

彩音は切なさを覚えながらも、コーヒーをカップに注いだ。クッキーと一緒にトレイにのせて、二人の前のローテーブルに並べる。

「お兄ちゃんはブラックで、美優さんはミルクだけでしたよね？」

「はい、ありがとうございます」

美優がミルクピッチャーからミルクを注いだ。

彩音は二人のソファの九十度隣にある一人掛けのソファに座った。

「フォレストはその名のとおり森の中にあって、とてもリラックスできたよ」

兄がクッキーをつまみながら言った。

「お兄ちゃんも毎日忙しいもんね。たまにはのんびりしないと」

「ああ。だけど、彩音が泊まってもよかったのに。そのほうが自分の担当した物件の仕上がりを、身をもって感じられただろう？」

「私は引き渡しのときにきちんと確認してるから大丈夫」

「でも、朝比奈夫妻は彩音と神山副社長が来ると思っていたようだよ」

彩音は黙ったままコーヒーを飲んだ。

兄の言うとおり、今回の無料招待の話をしてくれたとき、麻衣子が彩音と湊人を想定していたのは間違いない。『お言葉に甘えて、弊社の副社長が泊まらせていただきます』と彩音が答えたら、麻衣子は戸惑った様子だったからだ。

(だからって、婚約者のいる湊人さんと私が一緒に泊まれるわけないし)

彩音がカップをソーサーに戻したとき、兄が控えめな声で尋ねる。

「神山副社長とケンカしたのか？」

彩音は瞬きをして兄を見た。兄は心配そうな表情で続ける。

「最近、元気なさそうだし。俺たちでよかったら、相談に乗るよ」

「お兄さんと二人のほうが話しやすければ、私は先に車に戻っています」

美優が気を遣って立ち上がろうとするので、彩音はあわてて声をかける。

「いいえ！　大丈夫です。お気遣いありがとうございます」

「だったら――」

兄が促すように彩音を見た。彩音はかすかに笑って首を横に振る。

「大丈夫。ただ、湊人さんが出張に行っちゃって、寂しかったから……」

なんでもないふりをしようと思うのに、彼のことを想うと目の奥がじんと熱くなった。

「いつ帰ってくるんだ？」

兄に訊かれて、彩音は涙を散らそうと、うつむいて瞬きを繰り返しながら答える。

「今日」

「えっ、じゃあ、俺たちをもてなしてなんかいないで、早く会いに行けばいいじゃないか」

「でも、私」

「なに遠慮してるんだ。彩音は彼の恋人だろう？」

彩音は顔を上げて、情けない表情で兄を見た。

「そうじゃなかったみたい」

「は？」

兄は怪訝そうに眉を寄せた。

「湊人さん、川内ファニチャーの社長令嬢と婚約してるって」

「なんだって⁉」

兄の声が大きくなった。

「この前、彼女に言われたの。彼女、今はスプリーム・ホテルズの社長秘書をしてるんだけど、それは将来、湊人さんと結婚して、社長となった彼を支えるためだって……」

彩音は佐央里に、『あなたとの関係は、これまで噂になったほかの女性と同じく、束の間の関係』だと言われたことも説明した。

「それはおかしいです」

聞き終えてすぐ、美優が言う。

「どういうことだい？」

兄が美優を見た。美優は立ち上がって彩音のそばに膝をつき、彼女の右手を握る。

「私ね、彩音さんが神山副社長とお付き合いしてるって征一郎さんから聞いたとき、以前、神山副社長について……その、いろんな女性と短いサイクルでお付き合いしてるってネットニュースで見たことがあったから、心配になってニュースを追ってたの。そうしたら、先週、そのニュースサイトが謝罪記事を掲載してたんです。彼について、事実に基づかない情報を流したってお詫《わ》びしてました」

「そんなことが……？」

彩音の問いに、美優はしっかりとうなずく。

「はい。だから、彼は婚約者がいながら彩音さんと付き合うような不誠実な人じゃないと思います」

「私もそう思っていたはずなのに……」

彩音は左手でロングスカートの太もも部分をギュッと握った。

彼を信じたい。

でも、最後に会ったときに佐央里が見せたつらそうな表情は、とても嘘だと思えなかった。本当に湊人のことを切なく想っている表情だった。

「身分の違いで自信を失ってしまう気持ちは、私もわかります」

美優はチラリと征一郎を見て、小さく笑みを浮かべた。

「あの話ならあれは……」

兄は困ったように眉を下げた。美優は視線を彩音に戻して言う。

「私と征一郎さんが付き合いはじめた頃、取引銀行の重役の娘さんが私を訪ねてきて、『彼と結婚の約束をしてる』って言ったんです」

「ええっ⁉」

彩音は驚いて兄を見た。兄は顔をしかめてフイッと横を向く。

「彼女は幼なじみで、あれは子どもの頃の他愛《たあい》ない約束だったんだよ。っていうか、そもそも向こうが勝手に『大きくなったら征一郎くんのお嫁さんになる！』って言ってただけで、俺はＯＫすらしてなかったんだからなっ」

兄の頬が赤くなり、彩音は思わず噴き出した。

「お兄ちゃんにそんなことがあったなんて」

「ふん。こう見えて、俺はそれなりにモテてたんだから」

「うんうん、お兄ちゃんがそれなりにモテてたことは知ってるよ」

「彩音ぇ」

兄の不満そうな声を聞きながら、彩音は目元を拭った。

それなりどころか兄はかなりモテていたが、家族思いの実直な性格で、不誠実なことなどしたことはないはずだ。

「まあ、とにかくだ」

兄は咳払いを繰り返してから続ける。

「婚約の話も、もしかしたら親同士が勝手に決めたとか、あるいは本当に婚約してたとしても、なんらかの事情で別れたけど、川内ファニチャーの社長令嬢が諦めきれてないとか、そういう話かもしれないだろう？　他人の言葉を鵜呑《うの》みにするんじゃなく、本人に直接確かめるべきだと思うよ」

「……そうだよね」

兄の言うとおりだ。

彩音は大きく息を吐き出して、気持ちを固めた。

「何時到着の便なんだ？　空港まで送ってやるよ」

兄に訊かれて、彩音は壁の掛け時計を見た。時刻は午後四時過ぎを指している。

「昨日、出発便が遅れて昼過ぎに到着するってメッセージがあったから、そろそろ家に着いてる頃じゃないかな」

「それなら副社長の家まで送ってやる」

「そんなの悪いよ。フォレストから戻って疲れてるでしょ？」

「大丈夫だ。それに、このまま帰るほうが落ち着かない」

「そうですよ」

兄と美優に説得されて、彩音は兄の言葉に甘えることにした。コートを羽織っていると、兄が思い出したように言う。

「そうそう、ケーキを渡してくれたときに麻衣子さんが言ってたんだ。『新作のロールケーキで、ヨーグルトベースのクリームにラズベリージャムをアクセントに使いました。甘すぎないから、湊人くんにもおいしく食べてもらえると思うので、二人で一緒に召し上がってくださいねって伝えてください』って」

「えっ」

前にも麻衣子からお土産のケーキをもらった。それを分けるという口実で湊人に彼の自宅兼副社長室に連れていかれたのだ。

そのときのことを思い出して、彩音の頬がほんのりと染まる。

「あれぇ、意味深な言葉だなと思ったけど、なんかあったって顔だなぁ」

兄にからかうように言われて、彩音は仏頂面を作ってバッグを取り上げる。

「そんなことはどうでもいいから、早く行こう」

「おいおい、ケーキを忘れてるぞ」

玄関に進みかけていた彩音は、あわてて冷凍庫に向かった。

兄のクスクス笑いが聞こえて、彩音はさらに顔をしかめたものの、顔が赤くなるのは止めようがなかった。


道路は混んでいて、スプリーム・ホテル東京ベイの車寄せに着いたときには、午後五時半近かった。

「それじゃ、ちゃんと仲直りするんだぞ」

兄が運転席から振り向いて彩音に言った。

「別にケンカしてるわけじゃないもん」

緊張しつつ低い声で答える彩音に、助手席から美優が励ますように言う。

「彩音さん、きっと大丈夫ですよ」

「ありがとうございます。お兄ちゃんも送ってくれてありがとう」

背中を押してくれた二人に感謝を伝えて、彩音は車を降りた。降車場からエントランスに向かうと、ドアマンがにこやかに声をかけてくる。

「若木さま、いらっしゃいませ」

名前を憶《おぼ》えられていたことに驚いて、彩音は小さく目を見開いた。

「あ、ど、どうも」

「どうぞこちらへ」

「ありがとうございます」

前回同様、彼が恭しく開けてくれたドアから中に入った。重厚な雰囲気のロビーを抜けて、エレベーターホールに向かう。湊人にもらったカードキーをかざして、エレベーターに乗った。

(湊人さんはもう部屋に戻ったかな)

スマホを出してメッセージを確認する。画面には、彼が二週間前に出国してから送ってくれたメッセージが並んでいる。

【レオナルド・ダ・ヴィンチ空港に着いた。こっちは雨だ】

【フィレンツェに行った後、ヴェネチアに向かうから、ヴェネチアングラスのお土産を楽しみにしてて】

【新しいホテルに入るレストランの件で、予定外の仕事が増えた。でも、不思議と忙しくなるほど君のことを考えている】

【今日の夜空はとてもきれいだよ。彩音と一緒に見られたらいいのに。なにをしても、見ても、聞いても、彩音がそばにいればいいのにって思う】

【こっちは雨のせいか思ったよりも朝晩寒い。彩音は風邪を引いたりしてないか？】

【シチリア島には列車ごとフェリーに乗って行けるって知ってたかな？　今度は一緒に行こう】

そんなふうにたくさんメッセージをくれた。一番新しいメッセージは【悪天候で出発が遅れている。到着は昼過ぎになりそうだ。彩音に早く会いたいのに】だった。

それなのに、彩音は一度しかメッセージを送らなかった。それも、フォレストのリフォームが完成して引き渡しを終えたことを、事務的に報告しただけだった。

ずっと既読スルーにしてしまったことが、申し訳なくなる。

（でも、川内さんのことがあるし……）

いつか終わる期限付きの関係なんて望んでない。けれど、彼を拒絶するには、あまりに好きになりすぎていた。

ほどなく三十五階に着き、スマホをバッグに戻した。

開いたドアから廊下に出る。湊人の部屋に向かって歩きだしたとき、その向かい側の部屋のドアが開くのが見えた。

ダークグレーのスリーピースにストライプシャツ、ブラウンのクラシカルなネクタイを締めた男性が、ゆったりとした足取りで出てきた。六十歳くらいで、背が高く、上品なロマンスグレーに威厳のある顔立ちをしている。

スプリーム・ホテルズのホームページで彼の写真を見たことがある。湊人の父親で、現在の社長だ。

(湊人さんの向かい側の部屋は社長室だったんだ)

社長に続いて佐央里が出てきて、彩音の足が止まる。佐央里も彩音に気づき、一瞬表情が硬くなったものの、すぐに廊下を歩きだした。すれ違いざまに彩音を睨んで、エレベーターの下ボタンを押す。

社長室からもう一人、ネイビーのスーツを着た三十代半ばくらいの男性が出てきた。彼はドアを閉めて、ビジネスバッグを運びながら社長の後に続く。

社長には佐央里以外にもう一人、男性の秘書もついているようだ。

彩音は緊張しながら、廊下の脇に避けた。これまでの仕事ではすべて湊人とやり取りしていたので、社長と直接の面識はない。

そのとき、佐央里の声が耳に蘇った。

『私がスプリーム・ホテルズの社長秘書をしているのは、社長が私と湊人さんの結婚を望んでいるからなんです』

『社長は、ゆくゆくは私が湊人さんと結婚して、スプリーム・ホテルズの社長となった彼を支えてほしいと考えているんです』

社長が近づいてくるにつれて、不安で鼓動が大きくなる。

彼は一人息子と彩音の関係を知っているのだろうか。

佐央里のように、彩音のことを『彼の将来になんの役にも立たない邪魔な存在』だと考えていたら……？

足音が近づいてきて、ゴクンとつばを飲み込んだ。少し手前で、社長が足を止める。

「おや」

「こんにちは。いつもお世話になっております」

彩音は笑みを浮かべてお辞儀をした。社長は軽くうなずく。

「ああ、こんにちは。君は若木家具工芸の若木チーフだね」

「はい」

彩音の返事を聞いて、社長が目元を緩めた。目じりに笑いじわができて、表情が柔らかくなる。

「湊人からよく聞いているよ。品川のスイートルームではいい仕事をしてくれたそうだね。フォレストも、すばらしいリフォームをしてくれたと妹がとても喜んでいた。ありがとう」

「こちらこそ、ご依頼いただき感謝しております」

「今日は湊人に用事かな？」

「は、はい」

彼とのことをなにか言われるのかと、彩音は内心身構えた。

けれど、社長は穏やかな表情のまま言う。

「湊人はああ見えて、よく言えば一途、悪く言えば諦めの悪いところがあるからな。君に苦労をかけているんじゃないだろうか？」

仕事にかける湊人の情熱を思い出して、彩音は少し頬を緩めた。

「いいえ、副社長の姿勢にはいつも刺激をいただいています。仕事熱心で、利用されるお客さまのことをつねに考えていて、すばらしい方だと思っています」

社長は小さく笑い声をこぼした。

「ははは、聞いていたとおり、君もそうなんだな」

彩音は思わず首を傾げた。

「はい？」

「湊人も君のことを同じように話していた。若木家具工芸のインテリアコーディネートがすばらしいわけがわかるよ」

湊人が彩音のことを社長に話していたことに驚くと同時に、思わぬ誉め言葉をかけられて、彩音は頬が熱くなるのを感じた。

「あ、ありがとうございます」

「今度は食事でもしながらゆっくり話そう」

「は、はい、ぜひ」

社長はうなずいて歩きだした。男性秘書が軽く会釈をして後に続く。

二人の背中を見送って、彩音は肩から力を抜いた。無意識のうちに緊張していたらしい。

けれど、社長が彩音の仕事ぶりを認めてくれていたことが嬉しかった。

社長は佐央里が開けていたドアからエレベーターに乗り込んだ。男性秘書がエレベーターに乗り、佐央里も続くのかと思ったが、彼女はドアの中に向かってなにか言うと、ボタンから手を離してお辞儀をした。

エレベーターのドアが閉まり、頭を上げた佐央里が彩音に鋭い視線を向ける。

「あれだけ言ったのに、またここに来るなんて。ずうずうしいうえにしつこい人ねっ」

佐央里は早足で彩音に近づきながら、憎々しげに言った。彩音は紙袋とバッグの持ち手をギュッと握る。

彼女とまたこんなふうに向き合うなんて。

予想外の事態に、とっさに返す言葉が思いつかない。

佐央里は彩音にぐっと顔を近づけた。

「いったいどうやって上がり込んだのよ？　このフロアは関係者以外立ち入り禁止よっ」

彩音は大きく息を吸って声を出す。

「湊人さんにカードキーをもらいました」

「なんですって⁉」

佐央里の声が跳ね上がった。

「『いつでもおいで』って言ってくれたんです」

「ふざけないでよっ！　なんであんたなんかにっ！」

佐央里の甲高い声が廊下に響いた。その口調に聞き覚えがあって、彩音はハッとする。『ふざけないでよっ！』なんて、これまでの人生で一度しか言われたことがない。

「もしかして、弊社の製品をお買い上げいただいたことがありますか？」

「はあ？　あなたのとこの製品なんて、私が買うわけないじゃない！」

「ですが、三週間前の金曜日、弊社のカスタマーサービスにお電話されたのでは？」

「えっ」

佐央里がギクリとしたように肩を震わせた。

「まさかとは思いますけど、私を足止めして、その間に湊人さんと会おうとしたとか……？」

「わ、私がそんなくだらない真似するわけないでしょっ。そ、それよりキーを返しなさいよ。あなたとの関係を終わらせるって湊人さんが言ってたんだから、返してもらわないといけないわ」

佐央里は右の手のひらを上に向けて彩音に突き出した。

「ほら早く」

佐央里が一歩近づき、彩音はバッグを胸にギュッと抱いて後ずさる。

「嫌です」

「私が返しておいてあげる」

「返す必要ができたとしても、自分で返しますす」

「いいかげんにしてよっ。なんで邪魔するのっ。あんたみたいな小企業の社長の娘より、私のほうが湊人さんにふさわしいんだからっ！」

佐央里が彩音のカバンを掴もうとしたとき、怒気を孕んだ低い声が聞こえてきた。

「俺はそうは思わない」

彩音はハッとしてエレベーターホールに顔を向けた。いつ来たのか、湊人の姿があった。彼は大股で近づいてくる。

「湊人さん！」

「ふ、副社長」

佐央里の顔がみるみる青ざめた。湊人は振り返って、背後でスーツケースを引いていた男性に声をかける。

「荷物は部屋のドアの前に置いてくれ。今日はもう上がってくれて構わない」

「承知しました」

その声から、彼は湊人の秘書なのだとわかった。彼は湊人に言われたとおり、スーツケースを湊人の自宅兼副社長室の前に置いて戻ってくる。

「失礼いたします」

秘書は湊人に一礼した後、彩音に小さく会釈をした。冷静を装おうとしているが、目元が興味津々といった様子で、意味ありげな視線を彩音に向けている。

突然の事態に戸惑いながらも、彩音は会釈を返した。

秘書がエレベーターに乗り込んでから、湊人は彩音に向き直る。

「会いたかった」

言うなり彩音を抱きしめた。彩音は驚いてつかえながら言葉を発する。

「あ、あの、こ、婚約者の前でこんなことは……」

「嬉しいな。彩音、俺と婚約してくれるのか」

耳元で湊人が言った。

「えっ、そうじゃなくて、湊人さんは川内さんと婚約してるんでしょ？」

「ふーん、なるほど、そういうことか」

湊人は言うと、彩音を守るように片腕に抱いたまま、佐央里に顔を向けた。

「エレベーターのドアが開いてから、いろいろと聞こえてきた。だいたいのことはわかったよ。彩音が俺のメッセージを既読スルーしてたのは、川内さんが彩音に嘘をついたせいだったんだな」

「えっ」

彩音は首をねじって佐央里を見た。佐央里は今度は顔を赤く染めて視線を床に落とす。

「う、嘘ではありません。父は前々から神山社長に私たちの婚約を打診していました」

「最初にその話を聞いたときに、俺ははっきり断ったはずだが」

「で、ですが、それは三年前のことですし、途中で副社長の気持ちが変わるかもしれないじゃないですか」

「変わらない」

「でも、川内ファニチャーは日本有数の家具インテリア量販店です。私たちが結婚したほうが、お互いの会社のためにも――」

必死で言い募る佐央里の言葉を、湊人が冷ややかな口調で遮る。

「前にも言ったぞ。川内ファニチャーの製品コンセプトはスプリーム・ホテルズのコンセプトと相容《あいい》れないと。そもそも政略結婚を持ちかけてきたのは、スプリーム・ホテルズが川内ファニチャーの製品を採用しなかったからなんだろう？　娘を俺と結婚させれば、自社製品を使ってくれるだろうと考えるなんて、浅はかにもほどがある」

そんな経緯があったなんて驚きだが……。

「湊人さん、川内さんのお父さまのことを、そんなふうに言っては……」

彩音が小声で言うと、湊人は彼女をチラリと見たが、すぐに佐央里に視線を戻した。

「事実だろう？」

その言葉を聞いて、佐央里が声を上げる。

「そ、それを言うなら、若木家具工芸だって同じじゃないですかっ。娘を差し出す代わりに、家具を購入させたんでしょっ!?」

「私の父はそんなことしませんっ」

彩音は思わず言葉を挟んだ。佐央里はキッと彩音を睨んで、湊人に訴えるように言う。

「若木家具工芸は原材料や職人の待遇にこだわるあまり、価格を高く設定するせいで、売り上げが伸びていません。だから、副社長のことを利用したんです。若木さんに騙《だま》されないでください！ああ見えて計算高い女なんです！　わざと副社長を焦らして気を引いて――」

「いいかげんにしろ」

背筋が凍るような低い声が聞こえて、彩音はビクッとなった。

湊人の声に激しい怒りがにじんでいる。

「俺のプライバシーに首を突っ込むなと言ったのを忘れたのか!?」

湊人の剣幕《けんまく》に、佐央里が「ひっ」と小さく息をのんだ。

「低価格の量産品で薄利多売を狙うのも一つのやり方だろう。だが、企業の規模だけですべてを知ったつもりになるな。若木家具工芸は日本の技術の継承に心を砕き、次世代の職人を育て、高い技術を持つ職人に正当な報酬を支払っている。そういう経営方針もすばらしいが、なにより彼らが生み出す製品がすばらしい。だからこそ、お客さまに最上級のおもてなしの提供を目指すスプリーム・ホテルズは、若木家具工芸の製品を取り入れたんだ」

湊人の言葉を聞いて、彩音は胸がじーんと熱くなった。

彼は父の会社をそんなふうに評価してくれていたのだ。

「湊人さん……」

彩音は彼のスーツのジャケットをキュッと握った。湊人は佐央里に厳しい声を放つ。

「君の待遇は考えさせてもらう」

佐央里は食い下がるように言う。

「ふ、副社長、申し訳ありません。ですが、私は副社長のお立場を考えて――」

「君が考えているのは、君自身と川内ファニチャーのことだけだろう」

湊人が険しい口調で言い、佐央里は肩を落としてうなだれた。

「それから、謝る相手が違う」

「えっ」

顔を上げた佐央里に、湊人は視線で彩音を示した。佐央里は下唇を噛みしめる。

「俺の大切な人を傷つけることは、俺が許さない」

湊人の険しい視線とぶつかり、佐央里はそろそろと顔を動かした。彩音と目が合って、パッと視線を落とし、小さく声を発する。

「も、申し訳……ありませんでした」

佐央里が頭を下げ、湊人はため息をついた。

「まだ勤務中だろう。もう行け」

「……はい、失礼いたします」

佐央里は低い声で言って、トボトボと歩きだした。そんな彼女を視界から遮るように、湊人は彩音を部屋のほうに向かせる。

「行こう」

「あ、はい」

彩音は湊人に促されて、彼の部屋に向かった。彼がドアを開けて中に通してくれる。

「あの」

ドアが閉まって、彩音は湊人に向き直った。

「川内さんは湊人さんのことを本当に好きだったんだと思います」

「二人きりになったときの第一声がそれか」

湊人は不満そうに息を吐いた。

「ご、ごめんなさい。でも」

少し気の毒で、という言葉は、彼が彩音の唇に人差し指を当てたせいで声にならなかった。

「彩音は優しすぎる。彼女にどれだけ嫌な目に遭わされたと思うんだ」

「でも、好きな人の気持ちが自分にないかもしれないって思うつらさは、よくわかるから……」

「それは元カレのことを言っているのか？」

湊人の目つきが鋭くなり、彩音はあわてて首を横に振る。

「ち、違います！」

「じゃあ、誰だ？」

「湊人さんのことに決まってるじゃないですかっ」

「俺の気持ちは、出会ったときからずっと彩音にあったってわかってるはずだろ？」

湊人の口調がますます不満そうになり、彩音は視線を落として指先をもじもじと絡める。

「でも、川内さんがスプリーム・ホテルズの社長秘書をしてるのは、社長が彼女と湊人さんの結婚を望んでいるからだって言われたら、私じゃ太刀打ちできないなって」

「そもそもスプリーム・ホテルズは、政略結婚をしなければいけないような経営はしていない」

きっぱりと言われて、彩音は口をつぐんだ。

「いいかげん、俺の気持ちを信じてくれないか？」

湊人は彩音の左手を取った。手の甲に唇を押し当てて、彩音にチラリと視線を向ける。

「ご、ごめんなさい」

けれど、彼の表情は不満げなのにどこか色気があって、申し訳ないと思っているはずなのに、不謹慎にも心臓がトクンと音を立てた。

「うーん、言葉だけじゃ、この二週間の俺の寂しさは埋まらないな」

湊人は彩音の手のひらに口づけた。柔らかくついばむようにされて、彩音はくすぐったさを覚える。

「あ、あの、じゃあ、どうすれば……？」

「彩音は俺のことをどう思ってる？」

「え？」

唐突に訊かれて戸惑った隙に、彼の唇は手首へと移動する。

「教えて」

「す、好きです」

「どのくらい？」

「すごく好きです」

「言葉じゃなくて態度で示してほしいな」

湊人は彩音の手首に口づけて、思わせぶりな視線を投げた。

「態度……？」

「そう」

湊人が姿勢を正した。期待するようなまなざしで見つめてくるので、彩音は彼の両肩に手をかけて、背伸びをする。

「湊人さん、大好きです」

はにかみながら彼の唇にキスをした。

「それだけ？」

「えっ？」

湊人は彩音の腰に両手を回して彼女を引き寄せた。

「俺はいつも全身全霊で彩音に愛を伝えているけどな」

「ぜ、全身全霊……？」

「そう。俺との夜を思い出して」

湊人が彩音の頬に口づけながらささやいた。

二人で過ごした濃密な夜の記憶が蘇って、彩音の頬が熱を帯びる。

「彩音が同じくらい俺を想ってくれているのか……そうじゃないのか……教えてほしい」

彼の甘い声を聞いて、頬の熱が頭まで広がっていく。

「あ、あの、えっと、じゃあ、とりあえずベッドに……？」

彩音はおずおずと手を伸ばして、湊人の片手を掴んだ。そのまま彼の手を引いてベッドルームに向かう。

「ここに座ってください」

部屋に入って、ベッドをポンポンと叩く。

湊人は小さく笑みを浮かべて、素直にベッドの縁に腰を下ろした。

「これでいいのか？」

「はい」

普段は高い位置にある湊人の顔が、彩音の目線より低くなった。長いまつげが、濡れたように熱を浮かべる瞳を縁どっている。見つめているだけで、愛おしさが込み上げてくる。

彩音はそっと顔を寄せて、湊人の唇に自分の唇を重ねた。そうしながら、彼のジャケットのボタンに手をかけて、一つずつ手探りで外していく。

(しわにならないように、ハンガーにかけたほうがいいかな)

そんなことを考えてキスがおろそかになったせいか、湊人の手が後頭部に回された。

「んっ」

彼のほうに引き寄せられて、口づけが深くなる。彼の舌が口内に侵入してきて、それに意識を奪われそうになりながらも、どうにかシャツのボタンを外しおえた。

湊人は彩音の後頭部に触れていた手を入れ替えながら、ジャケットとシャツを脱ぎ捨てた。

「おいで」

湊人に腕を引かれて、彩音は促されるまま彼の太ももに跨《また》がった。

たくましい胸板にそっと手をのせると、鼓動がドクンドクンと打っているのを感じる。

彼がいつもしてくれるように、その肌を手のひらで撫でる。張りのある肌に触れていると、彩音の胸もドキドキと鼓動を速めた。

（私がキスされて気持ちいいみたいに、湊人さんも気持ちいいのかな……？）

唇を彼の頬から耳たぶ、首筋へと移動させる。淡く触れると、彼が小さく身じろぎをした。

「気持ちよくないですか？」

肩に唇を触れさせたまま口を動かすと、彼が耐えるような声をこぼす。

「いいに……決まってる」

「よかった」

彩音はチュ、チュ、と音を立てながら、唇を移動させた。ふと思いついて、胸板をぺろりと舐める。

「うっ」

湊人が小さく声を上げた。熱い肌の上で存在を主張する小さな粒が目につき、充血したそれを口に含んだら、彼が切なげに吐息をこぼした。

（感じてくれてるんだ）

彼の反応が嬉しくて、肌を丁寧に撫でながら、あちこちにキスを落とす。

視線を下げたら、彼のスーツのパンツが大きく盛り上がっていた。

（窮屈そう）

湊人のズボンのベルトを外して、ファスナーをゆっくりと下ろす。前をくつろげて、黒いボクサーパンツを押し上げているそれに、そっと手のひらを重ねた。

「彩音……」

湊人がビクリと体を震わせ、熱く息を吐いた。

彩音はたくましい腹筋をなぞりながら、ボクサーパンツの中に手を滑り込ませる。

（わ）

直に触れたそれは、とても硬くて熱い。それを握ってそっと手を上下に動かすと、湊人が悩ましげに眉を寄せた。

「い、痛い、ですか？」

「気持ちよすぎて……つらい」

「えっ？」

次の瞬間、湊人の片手が後頭部に回されて、襲いかかるように口づけられた。彼の逆の手がブラウスをスカートの中から引き出して、背中を撫で上げる。

彼の手のひらはとても熱い。

背中のホックがぷつりと外され、前に回った手がブラジャーを押し上げた。膨らみを包み込まれて、いつもより荒々しく揉みしだかれる。

大きな手で形が変わるほど捏ねられ、ときおり指先で頂を弾かれ、押しつぶされて、体の奥がもどかしさを覚える。

「あぁっ」

胸の先端を指の腹でつままれて、思わず声を上げた。ブラウスを押し上げられ、露わになった膨らみに口づけられて、体の熱がどんどん高まっていく。

今すぐ彼が欲しくなるけれど……。

「わ、私、まだ……湊人さんに全身全霊で、想いを伝えきれてない、です」

彩音はあえぐように声を発した。

「じゃあ、伝えて」

湊人の手がスカートをまくり上げて、ショーツのクロッチをずらした。彼の指先になぞられて、蜜口が物欲しそうに蜜液を滴らせる。

「あっ」

疼くそこを指先で前後になぞられ、湿った音が小さく響く。彼の指が往復するたびに淫らな水音が高くなって、体の疼きが持てあますほどに大きくなる。

「湊人さぁん」

彩音はねだるような声をこぼして腰を持ち上げた。湊人が屹立《きつりつ》に手を添えて、蜜口に切っ先を押し当てる。

「ん……んん……っ」

彼を受け入れるように腰を落とすと、熱く硬いモノが押し広げるように侵入してきた。それとともに、ゾクゾクとした刺激が背筋を駆け上がる。

「あっ、ああっ、湊人さん」

湊人は彩音の両腰を掴んでぐっと引き寄せた。その瞬間、ずんっと衝撃が響く。

「はぁんっ」

奥まで強直に埋め尽くされ、彼と一つになった喜びで、胸がいっぱいになる。

彩音は湊人にギュウッと抱きついた。

「湊人さん、愛してます」

「俺も愛してる」

湊人は彩音の背中に両手を回した。

互いに強く抱き合い、惹かれ合うように唇を重ねた。想いをすべて伝えるように、互いの唇を味わい、キスを繰り返す。

「彩音……」

湊人が熱を孕んだ声で呼んで、彩音の腰を両手で掴んだ。彼の手に促されるようにそっと腰を揺らすと、ナカがこすられてたまらなく気持ちいい。

「あぁん、どうしよ……」

自然と腰が動き、それに合わせるように湊人も腰を揺らす。

「湊人さんを、よくしてあげたいのにぃ……っ」

「すごくいい」

「ほんと、です、かっ？」

彩音は腰を揺らしながら、とろけそうな表情で言った。

「ああ。普段はガードが堅いのに、今日はエロい」

「えっ」

湊人の視線が胸元に下り、彩音の頬に朱が差す。

「中途半端に脱げてるのが、いやらしいよな」

湊人が片方の口角を引き上げて笑った。

彩音はブラウスを胸の上までまくり上げられ、ブラジャーを押し上げられていた。露わにされた二つの膨らみは、彩音が腰を動かすたびに淫らに揺れる。スカートも腰の辺りでしわになっていて、ショーツを穿いたまま彼に貫かれている。

「やだぁ」

しどけない格好に羞恥心が煽られた。けれど、湊人もシャツこそ脱いでいるものの、スーツのパンツとボクサーパンツを引き下げただけだ。

「嫌なのか？　気持ちよさそうに腰が動いてるぞ」

「意地悪っ、言わなっ……で……っ！」

そう言いながらも、自分でも下腹部が熱く太いソレをしっかりと咥《くわ》えこみ、味わっているのがわかる。

「ね、湊人さんは……っ？　気持ち、い？」

「ああ。すごくいいよ。彩音がいいと俺もいいから、もっとよくなって」

少し眉を寄せた彼の表情は色気があって、声に劣情がにじんでいる。彼の動きも性急になってきた。

（一緒に、イケる、かな）

押し寄せてくる快感に抗えず、湊人の肩を掴んで強烈な刺激を受け止める。

「あっ、ああっ……も、ダメぇーっ」

やがて全身から力が抜けて、彼にぐったりともたれかかった。荒い呼吸を繰り返し、どうにか鼓動を落ち着かせながら、切れ切れに声を発する。

「私の……全身全霊、伝わった……？」

耳元で湊人がクスリと笑みをこぼした。

「ああ。だから、次は俺が全身全霊で伝えるよ」

「えっ？」

怪訝に思ったとき、後頭部と背中に彼の手が触れて、つながったままベッドにゆっくり押し倒された。

ナカに質量を感じて、彩音は目を見開く。

「湊人さんは……まだ……？」

「ああ。俺を気持ちよくしてくれたお礼をしないとな」

「え、それ、おかしいです。だって湊人さんは――」

彼が腰を引いて、パンッ！　と肌がぶつかる音が響く。

「あぁんっ」

湊人が上になったまま抽挿を始めた。言葉には余裕があったのに、性急に突き上げてくる。

彩音を見下ろす彼の目は、彩音をとらえて離さない。

「湊人さん……湊人さんっ……」

愛しい気持ちに押されるまま、彼の名を呼んだ。

「彩音……っ」

とろけたナカをかき乱されて、熱い愉悦が込み上げてくる。彩音は一人だけで溺れまいと、彼の首にしがみついた。

「ダメ、イッ……ちゃうっ……湊人さんと一緒が、いいっ」

「ああ、今度は一緒だ」

湊人の熱くかすれた声を聞きながら、彩音はギュッと目をつぶった。

彼が一段大きく突き上げ、最奥を穿《うが》たれる。

「あっ、ああぁーっ」

彩音が大きく背を仰け反らせ、同時に達した湊人が彩音をかき抱いた。

「彩音っ……」

「湊人さん……」

汗ばんだ肌を合わせて、貪るようにキスをしながら快感の名残を味わう。

やがてゆるゆると力が抜けて、湊人は彩音を抱き寄せながら、ゆっくりとベッドに横になった。

彩音は彼の熱い肌に頬をすり寄せた。自分の鼓動がドキドキと頭に響き、それと共鳴するように、耳元で彼の拍動が聞こえる。

彼は間違いなく彩音のそばにいてくれている。

彩音は大きく息を吸って湊人を見た。

「湊人さん」

どうした？　と問うように、湊人が眉を上げた。

「おかえりなさい」

彩音は心を込めて微笑んだ。今さらな彩音の挨拶を聞いて、彼はふっと目を細める。

「ただいま、俺の最愛の人」

そう言って彩音にそっとキスをした。

第八章　ホテル御曹司の全力溺愛

【フォレストのインテリアリフォームは予定どおり完了し、本日無事に引き渡しを終えました。ご依頼いただきまして、ありがとうございました】

スプリーム・ホテル・ヴェネチアのスイートルームで、湊人は彩音からのメッセージを読んで眉を寄せた。

（今度はいったいなにがあったんだろう）

イタリアに発《た》って以来、彩音からメッセージの返信がないことを怪しんでいた。ようやくメッセージが届いたと思ったら、こんな事務的な内容だ。

一週間前には、バーでの誤解を解いて濃密な夜を過ごしたのに。

（電話をかけて訊いてみようか）

そう思って日本との時差を確認したものの、イタリアの夜は日本の早朝だ。

湊人はスマホをローテーブルに置いてソファに身を沈めた。

彩音の心と体に彼の想いをたっぷり刻み込んだと思っていたのに、まだ足りなかったらしい。

湊人は美しい琥珀色《こはくいろ》のブランデーをグラスに注いだ。ヴェネチアがあるヴェネト州の特産品で、グラッパと呼ばれる。ブドウの搾りかすから造られているため、まろやかな果実味が特徴だ。

それを口に含みながら、じっくりと考える。

今ここで電話をかけるのは得策ではないだろう。

家具や木材のことになると饒舌《じょうぜつ》な彩音だが、心の中に秘めていることはなかなか打ち明けてくれない。過去のつらい出来事を思えばそれは理解できる。

その一方で、彩音をそこまで傷つけた男に無性に腹が立つ。

(彩音にはもっと俺に甘えてほしい。溺れてほしい。彩音のすべてが知りたい。すべて教えてほしい……)

仕事に向き合うときのような積極性を引き出せたなら、すべてをさらけ出してくれるんじゃないだろうか。

そう考えて、口の端を上げる。

(まずは俺がどれだけ彩音を愛しているか、全力で伝えないとな)

彩音が彼の存在を感じるように、メッセージを打ち込む。

【今日の夜空はとてもきれいだよ。彩音と一緒に見られたらいいのに。なにをしても、見ても、聞いても、彩音がそばにいればいいのにって思う】

送信ボタンにタップした。少し待ってみたが、既読はつかない。

就寝中は通知をオフにしている、と彩音が言っていたから、今は未読でも問題ない。

「さて」

立ち上がってスイートルームを出る。次は、ホテルの一階に入っているハイジュエリーブランドのショップに向かうのだ。


それから一週間後の帰国の日。

遅れて出発した飛行機がようやく日本に到着し、成田空港まで迎えに来てくれていた秘書の運転で、スプリーム・ホテル東京ベイに戻った。

(荷物を置いたら、お土産を持ってすぐに彩音に会いに行こう)

愛しい人にもうすぐ会えるという喜びと、この二週間、あえて彩音をそっとしておいたことに少しの不安を覚えながら、エレベーターに乗った。

ほどなく三十五階に着く。

ドアが開いた瞬間、甲高い女性の声が耳に飛び込んできた。

「はあ？　あなたのとこの製品なんて、私が買うわけないじゃない！」

普段の取り澄ました態度からは想像できない乱暴で品のない口調だったが、間違いなく父である社長の秘書を務める川内佐央里の声だった。

（社長室もある三十五階でいったいなにをしているんだ）

秘書を咎めようとエレベーターから降りたものの、佐央里の前に彩音が立っているのに気づいて足が止まった。

（どうして彩音が？）

疑問に思うと同時に、彩音を悪意から守ろうと一歩踏み出したとき、彩音の落ち着いた声が聞こえてくる。

「ですが、三週間前の金曜日、弊社のカスタマーサービスにお電話されたのでは？」

「えっ」

佐央里がギクリとしたように肩を震わせるのが見えた。イエスと言っているようなものだ。

「まさかとは思いますけど、私を足止めして、その間に湊人さんと会おうとしたとか……？」

「わ、私がそんなくだらない真似するわけないでしょっ。そ、それよりキーを返しなさいよ。あなたとの関係を終わらせるって湊人さんが言ってたんだから、返してもらわないといけないわ」

湊人にはまったく身に覚えのない勝手なことを言って、佐央里は彩音に手を突き出した。

「ほら早く」

佐央里が一歩近づき、彩音はバッグを胸にギュッと抱いて後ずさる。

「嫌です」

「いいかげんにしてよっ。なんで邪魔するのっ。あんたみたいな小企業の社長の娘より、私のほうが湊人さんにふさわしいんだからっ！」

その佐央里のわめき声を聞いて、湊人はすべてを理解した。その瞬間、出てきた声は、自分でも驚くくらい怒気に満ちていた。

「俺はそうは思わない」

湊人の存在に気づいて、佐央里と対峙《たいじ》していた彩音の表情が変わる。彼に会えてホッとしているような、でもどこか不安げな。

対する佐央里は、顔からみるみる血の気が引いていく。

湊人は自分の秘書を先に帰らせると、気持ちのままに彩音を抱き寄せた。

「会いたかった」

湊人の腕の中で、彩音がまごまごして言う。

「あ、あの、こ、婚約者の前でこんなことは……」

きっと社長秘書が彩音に嘘を言ったんだろうと思ってはいたが、そんなひどい嘘をついていたとは。

「ふーん、なるほど、そういうことか」

湊人は彩音を守るように片腕に抱いたまま、佐央里の嘘を暴いていく。

うろたえた社長秘書は彩音の父を貶《おとし》めた挙句、彩音のことまで悪く言い出した。湊人は我慢ならず、言葉を挟む。

「いいかげんにしろ。俺のプライバシーに首を突っ込むなと言ったのを忘れたのか⁉」

「ふ、副社長、申し訳ありません。ですが、私は副社長のお立場を考えて――」

「君が考えているのは、君自身と川内ファニチャーのことだけだろう」

湊人がぴしゃりと言うと、佐央里は肩を落としてうなだれた。

「それから、謝る相手が違う。俺の大切な人を傷つけることは、俺が許さない」

湊人の厳しい口調に、ようやく佐央里は彩音に向かって謝罪の言葉を口にする。

「も、申し訳……ありませんでした」

少しは彩音の気が晴れたらいいんだが、と思いながら、湊人はまだ仕事中のはずの佐央里を下がらせた。

やっと二人きりになれた。

ヒーロー然と現れた湊人に、彩音はきっと感激して抱きついてくるだろう。

そう期待して胸を高鳴らせながら部屋に通したのに、湊人に向き直るなり彩音は言ったのだ。

「川内さんは湊人さんのことを本当に好きだったんだと思います」

「二人きりになったときの第一声がそれか」

不満が口をついて出た。

「いいかげん、俺の気持ちを信じてくれないか？」

湊人は彩音の左手を取った。手の甲に唇を押し当てて、彩音に不満の視線を向ける。

「ご、ごめんなさい」

申し訳なさそうにしながらも、彩音は頬を染めた。

(まずい、かわいい)

あれだけとろとろに乱しても、今なおうぶな反応を見せる。そんな彩音の姿に怒りはすっかり消えたものの、少し彼女を困らせてみたくなる。

「うーん、言葉だけじゃ、この二週間の俺の寂しさは埋まらないな」

湊人は彩音の手のひらに口づけた。柔らかくついばむと、彩音がくすぐったそうに首をすくめる。

「あ、あの、じゃあ、どうすれば……？」

眉を下げた困った表情が、とてもかわいい。

湊人は彩音の手首に口づけて、思わせぶりな視線を投げた。

「言葉じゃなくて態度で示してほしいな」

湊人が期待を込めて見つめると、彩音は彼の両肩に手をかけて背伸びをした。

「湊人さん、大好きです」

はにかみながら彼の唇にキスをしてくれる。

そんな彼女がかわいすぎて身もだえしたくなったが、グッとこらえてわざと不満そうな視線を送った。

「それだけ？」

湊人は彩音の腰に両手を回して彼女を引き寄せた。

「俺はいつも全身全霊で彩音に愛を伝えているけどな」

熱を帯びる彩音の頬に口づけながらささやく。

「彩音が同じくらい俺を想ってくれているのか……そうじゃないのか……教えてほしい」

「あ、あの、えっと、じゃあ、とりあえずベッドに……？」

真っ赤になった彩音がおずおずと手を伸ばして、湊人の片手を掴んだ。そのまま彼の手を引いてベッドルームに向かう。

彼をベッドに座らせて、一生懸命キスをしてくれる彩音がかわいくてたまらない。

何度途中で押し倒したくなったか。

けれど、彼女を向き合うように膝に座らせたまま、ぐっと我慢していたら……。

彩音はボクサーパンツの中に手を滑り込ませて、彼自身に触れたのだ。

「っ」

彩音が触れてくれている、というだけで興奮する。彼女の柔らかな手で握りこまれて、そこにどんどん血液が集まっていく。

耐えるように顔をしかめたら、彩音が心配そうに尋ねた。

「い、痛い、ですか？」

「気持ちよすぎて……つらい」

たまらなくなって彩音の後頭部に手を回し、襲いかかるように口づけた。逆の手でブラウスをスカートの中から引き出して、背中を撫で上げる。

(俺と同じだけ、いや、俺以上に彩音をよくしてあげたい)

その思いのままブラジャーを押し上げて、柔らかな膨らみをいつもより激しく揉みしだく。

先端をつまむと、彩音がビクンと体を震わせて、感じているときに聞かせてくれる高い声を上げた。

(このまま挿れてしまおうか)

そう思ったとき、彩音があえぐように言う。

「わ、私、まだ……湊人さんに全身全霊で、想いを伝えきれてない、です」

なんてかわいいことを言ってくれるんだろう。

もとはといえば湊人が言わせたようなものだが、ひたむきに応えてくれようとする彩音が愛おしくてたまらない。

湊人は彩音のスカートをまくり上げた。ショーツのクロッチをずらし、彼女の準備が整うように割れ目をなぞる。

もうすでに濡れていて、彼に感じてくれているのがわかる。指先を動かすたびに、湿った音がいやらしく響く。

「湊人さぁん」

彩音が甘い声をこぼして腰を持ち上げた。ねだるようなその仕草に欲望が煽られ、屹立に手を添えて蜜口に切っ先を押し当てる。

「ん……んん……っ」

彼を受け入れるように彩音が腰を落としていく。熱い柔襞《ひだ》に包み込まれていく感覚に、我を忘れそうになる。

湊人は彩音の両腰を掴んでぐっと引き寄せた。彩音の奥まで埋め尽くし、彼女を独占していることに悦《よろこ》びを覚える。

体だけでなく心のつながりを求めるように、彩音が彼にギュウッと抱きついた。

「湊人さん、愛してます」

彩音が心を明かしてくれた。それがただただ幸せで、同じように心を伝える。

「俺も愛してる」

彼が促すように名前を呼ぶと、彩音がとろけそうな顔で腰を揺らしはじめた。

「湊人さんを、よくしてあげたいのにぃ……っ」

その表情と声で、彼自身が張り詰めていく。

（エロすぎだろ……）

すぐ目の前で、まくり上げたブラウスと押し上げたブラジャーの下、形のいい胸が彩音の腰の動きに合わせて淫らに揺れるのだ。スカートも腰の辺りで乱れていて、ショーツも穿いたまま。

「やだぁ」

恥ずかしがる姿に嗜虐心《しぎやく》が煽られる。二週間耐えたんだから、少しくらい意地悪したっていいだろう。

そんな思いが言葉になる。

「嫌なのか？　気持ちよさそうに腰が動いてるぞ」

「意地悪っ、言わなっ……で……っ！」

熱く潤んだ目でそう訴える彩音は、エロかわいいとしか言いようがない。そんなかわいい彩音を堪能するには、一度じゃ足りない。

とろけた表情の彩音が悩ましげに眉を寄せ、締めつけが強くなる。

もうすぐイクのだろうと気づいて、湊人は腰を動かすスピードを上げた。

「あっ、ああっ……も、ダメぇーっ」

愉悦の波にさらわれた彩音が、彼にぐったりともたれかかった。荒い呼吸を繰り返し、濡れて輝く瞳で湊人を見る。

「私の……全身全霊、伝わった……？」

（かわいすぎる！）

湊人は笑みをこぼして彩音にささやく。

「ああ。だから、次は俺が全身全霊で伝えるよ」

その言葉どおり彼女のナカをかき乱し、今度は一緒に絶頂を迎えた。

快感の余韻に浸りながら、湊人の腕の中で彩音が愛らしく微笑んで言う。

「おかえりなさい」

「ただいま、俺の最愛の人」

俺が帰るところは彩音の隣しかない。

その気持ちを込めて彩音にキスをした。


それから二人で一緒にシャワーを浴びたが、もちろんシャワーだけで済ませずに、バスルームでも体の隅々まで彩音を堪能し、彩音にも全身全霊で俺を感じてもらった。

体に力の入らなくなった彩音にバスローブを着せて、ソファの隣に座らせて、ルームサービスで頼んだ食事のデザートを食べさせる。

「湊人さん、いつにもまして過保護になってません？」

彼が食べさせたチョコレートケーキをもぐもぐしてのみ込んでから、彩音が言った。

「俺に愛されてるんだって、なにがあっても彩音が自信を持てるようにしたいからな」

「それは……もう大丈夫です」

申し訳ないと思っているらしく、彩音が目を伏せた。その彼女の口元に、ケーキを刺したフォークを近づける。

「まあ、それは口実で、俺がただ彩音を甘やかしたいだけだ」

湊人が「あーん」と言うと、彩音は恥ずかしそうにしながら小さく口を開けた。その愛らしい唇の間にケーキが消えて、湊人はフォークを抜き取った。

「もうお腹いっぱいです」

「それじゃ、コーヒーを飲むか？」

湊人がコーヒーカップを取ろうとすると、それを制するように彩音が軽く手を持ち上げた。

「今度は私が湊人さんに食べさせてあげます。なにがいいですか？」

彩音がローテーブルの上のデザートの盛り合わせを見ながら訊いた。

「じゃあ、イチゴがいいな」

「わかりました」

彩音はカットされたイチゴにフォークを刺し、湊人の口元に寄せる。湊人は口を開けてぱくりと食いついた。

イチゴは甘酸っぱかったが、わざと顔をしかめる。

「酸っぱいな」

「あっ、すみません。じゃあ、もっと赤くて甘そうなのを……」

彩音は視線を皿に戻した。湊人が手を握ると、彼女は顔を上げる。

「どうしたんですか？」

「俺が選ぶよ」

「あ、はい。どれに——」

しますか、と言った彼女の手からフォークを取ってローテーブルに置き、唇にキスをする。湊人が貪ったせいで普段よりぽってりと赤い唇を、味わうように舐めてから顔を離した。

「一番赤くて甘い」

湊人がニヤリとすると、彩音の顔が一瞬で真っ赤になった。

それがあまりにかわいくて、声を出して笑いそうになるのを、どうにかこらえる。

「もっ、な、湊人さんっ」

彩音が抗議するような声を上げた。湊人はいたずら心のままに答える。

「ほかにも赤くて甘いところがあるのに、一カ所で我慢したんだぞ?」

「えっ、なっ、ど、どういう……」

湊人はチラリと彩音の胸元に視線を送った。彩音は答えに思い至ったらしく、大きく目を見開いた。その瞳が濡れたようにきらめいているのは、怒っているからではなく、恥ずかしいからなのだとわかる。

湊人は彩音を抱き寄せた。

「君は本当にきれいだ」

なにかされる——正確に言うと、バスルームでの続きをされる——と思ったらしく、彩音は湊人の腕の中でジタバタと暴れていたが、湊人が抱きしめる腕に力を込めると、諦めたように彼の胸に頭を預けた。

そうして少し考えていたが、やがて顔を上げて湊人を見た。その目には決意が宿っている。

「湊人さん、私、チョコレートが食べたいです」

「チョコレート?」

「はい」

突然のリクエストに戸惑いながらも、湊人はローテーブルに手を伸ばした。銀色の包装紙に包まれた一口大のチョコレートを手に取る。

「ありがとうございます」

彩音は礼を言って受け取ろうとしたが、当然そうさせるはずもなく、湊人は包装紙をはがしてチョコレートを彩音の口元に寄せた。

彩音が照れた表情で口を小さく開け、湊人はその唇の間にチョコレートを差し入れた。そのまま食べるだろうと思ったのに、彩音は湊人の首に両腕を回して、顔を近づけてくる。

「えっ」

予想外の行動に驚いて、声を上げた唇にチョコレートが触れる。それをそのまま口の中に押し込まれて、湊人は目を丸くした。

「っ」

彩音が唇をぐいぐい押しつけてくるので、大人しくチョコレートを受け入れる。口の中でとろけたそれが、ふわりと甘い香りを残して喉の奥に消え、彼女が唇を離した。

「甘かったですよね？」

彩音が頬の辺りを朱に染めて言った。その表情と行動が愛おしくてたまらず、湊人は彼女を抱きしめる。

「彩音が食べさせてくれたから、とびきりね」

「じゃあ、今日はもうこのままでいいですよね？」

「このままって？」

彩音がなにを言いたいのか察しながらも、湊人はとぼけた顔をした。彩音はさらに頬を赤くして答える。

「も、もう口が酸っぱくなくなったでしょ。だから、今日はもう私を食べなくてもいいんじゃないかなって……」

最後は消え入りそうな声になった。

湊人は愛おしさを募らせながらも、笑い声をこぼす。

「ははっ、俺は彩音ならいくらでも食べられるけどな」

「えっ」

両腕の中で彩音の体が硬くなり、湊人は彼女の髪にキスを落とす。

「でも、彩音が無理だっていうなら我慢する。彩音に嫌われたくないからな」

「嫌いになんてなりません。ただちょっと手加減してくれたら嬉しいなって……」

「手加減してあげたら嫌いにならない？」

「はい」

「ずっと？」

「はい」

彩音は素直にうなずいた。

(こんな形で永遠を匂わせる言葉を引き出すなんて、我ながらずるいな)

けれど、絶対に彩音を手放したくないのだ。

湊人は彩音の髪を撫でて言う。

「彩音、少し待ってて」

湊人は腕を解いてベッドから降りた。リビングに戻って、スーツケースの上にのせていた機内持ち込み用のバッグを取ってベッドルームに戻る。

「お土産だよ」

湊人はベッドの縁に腰を下ろして、自分と彩音の間にバッグを置いた。ファスナーを引いて、中から小さな箱を出す。

「あっ、マグカップですね？」

彩音が弾んだ声を出して箱を受け取った。

「ありがとうございます。開けていいですか？」

「もちろん」

彩音がふたを開けると、赤や青、黄色や緑などで鮮やかに花が描かれたペアのマグカップが現れた。

「わあ、かわいい！　色使いが本当にステキ。嬉しいです。ありがとうございます！　これで朝、一緒にコーヒーを飲みましょうね」

嬉しそうにする彩音を見ていると、湊人の心も温かくなる。

「気に入ってくれたみたいでよかった。それから、これもお土産」

湊人はバッグから両手で抱えるサイズの箱を取り出した。それを二人の間に置くのを見て、彩音が瞬きをする。

「えっと、こんなに大きなものも……？」

彩音のリクエストはマグカップだけだったから、戸惑うのもわかる。けれど、彼がどれだけ彩音を愛しているか、全力で伝えようと決意したのだ。

これはその手始め。

「開けてみて」

湊人が促すと、彩音はマグカップをベッドサイドテーブルに大事そうに置いた。おずおずと手を伸ばして、そっと箱のふたを持ち上げる。現れた三段になったジュエリーボックスを見て、パッと目を輝かせた。

「これって、マーブルウッド材じゃないですかっ！」

素材まで言い当てるなんて、さすがは彩音だ。

彼女が言ったとおり、素材はニレ科のマーブルウッド材。黒褐色の縞模様《しまもよう》が美しく、質感は大理石を思わせる。お土産に選んだものは、イタリアで七十年以上の伝統を誇る工房が製作したものだ。

「なんてきれいなの……っ！」

彩音は興奮した様子でジュエリーボックスの表面を撫でた。しばらくうっとりしていたが、突然ハッと目を見開いて湊人を見る。

「こんなステキなお土産まで……私、どう感謝していいか。本当にありがとうございます」

「絶対気に入るだろうと思ったんだ」

湊人は込み上げてくる笑みを懸命にこらえながら言った。

「気にいるどころか！　一生の宝物にします。わぁ、どうしよう。すごく嬉しいです。なにを入れようかな。手持ちのピアスを——」

言いながらふたを開けた彩音は、言葉を失った。

一段目に、ヴェネチアで買ったネックレスとピアスを収めていたのだ。イタリアで人気のジュエリーブランドで、水晶のように澄んだヴェネチアングラスに金箔《きんぱく》を閉じ込め、上品で美しい存在感をもたらしている。

「すごく……きれい……」

頬を紅潮させた彩音が、かすれた声でつぶやいた。

「彩音の白い肌に映えるだろうなと思ったんだ。来月、ミラノのホテルのオープニングセレモニーがあるんだが、それをつけて一緒に来てくれないか？」

彼の言葉を咀嚼《そしゃく》するように、彩音は数回瞬きをした。そのたびに潤んだ瞳が揺れる。

「ミラノって……イタリアのミラノですか？」

「ああ」

彩音は一拍遅れて声を上げる。

「え、えぇぇっ⁉」

（やはり急だったか）

そう思いながらも、どうしても彩音と一緒に行きたいので、奥の手を使う。

「難しいかな？　セレモニーとパーティは一日だけだから、その前後は一緒にミラノを巡って買い付けをしたらいいと思うんだ」

買い付け、と聞いて、彩音の瞳が輝いた。しかし、すぐに迷うように目を動かす。

「でも、新しいホテルのオープニングセレモニーとパーティなんですよね？　私なんかが一緒に行ってもいいんですか？」

「彩音だから一緒に来てほしいんだ。彩音は俺の恋人だから」

湊人は手を伸ばして、彩音の柔らかな頬に触れた。彩音は考えるような表情ながらも、ゆっくりとうなずく。

「わかりました。じゃあ……スケジュールを調整します」

「よかった。それじゃあ、今日はもう寝ようか」

湊人が言うと、彩音は拍子抜けしたように一度瞬きをした。

「えっと、もうですか？」

「ああ。彩音が今日はもう私を食べないでって言っただろ？」

彩音がホッとしたように表情を緩める。

「はい、言いました」

「だから、早く寝て早く明日を迎えるんだ。そうすれば、また彩音を食べられるから」

湊人の言葉を聞いて、彩音は目を見開いた。なにか言いかけたその唇を、湊人はすばやくキスでふさぐ。

「早く明日にならないかな。待てよ、十二時を過ぎたら明日だよな？」

彼がニヤリと笑い、彩音はさらに目を大きく見開いた。

「湊人さん～っ！」

彩音が眉を下げながら、湊人の袖を掴んで揺する。

そんな彩音が愛おしくてたまらない。そばにいればいるほど、思いは募っていくのだ。

（一生離さないから、覚悟して）

その思いを込めて、湊人は彩音の唇にもう一度キスをした。

＊＊＊

それから二週間後のクリスマスイヴ。

若木家具工芸の本社オフィスでは、独身で恋人のいる社員や新婚の社員は、みなどこかそわそわした様子で、定時になった瞬間、退社していった。

兄と美優も午後七時半に一緒にオフィスを出ていったが、兄は普段はあまりしないネクタイをきっちり締め、美優もいつものかっちりしたスーツではなく、エレガントなワンピースとジャケットを着ていた。きっと二人でクリスマスディナーでも食べに行くのだろう。

かくいう彩音は湊人と約束をしている。

彼が迎えに来てくれる八時になり、彩音が退社の準備を始めたら、父が声をかけてきた。

「父さんは、ほしなに行くけど、彩音も来るかい？」

そこへ、彩音が答えるより早く、父と同年代の男性社員が笑いながら言葉を挟む。

「社長、今日はクリスマスイヴですよ。そんな日に年頃の娘が父親と過ごしてくれるわけないじゃないですか」

「そんなものか？　去年は一緒にケーキを食べてくれたぞ？」

父が不満そうに返し、男性社員は意味ありげに笑う。

「今年は違うじゃないですか」

その声に父が「ああ！」と声を上げて、にんまりと笑う。その後になにを言われるか予想がついたので、彩音はすばやくバッグを取り上げた。

「私もお先に失礼します！　お疲れさまでしたーっ」

ハンガーラックからコートを取って急いでドアを開けたが、閉める前に「神山副社長によろしく〜。挨拶はいつ来てくれてもいいよって伝えといてくれ」と父の大声が聞こえてきて、彩音は頬が熱くなった。

（挨拶なんて……まだ正式に付き合って二カ月も経ってないのに……）

想い合っていた期間は半年以上になるが、改まって将来の話をしたことはない。

ずっと嫌いにならないで、と言われたことはあるが、それは話の流れで出ただけだ。

それでも、できるだけずっと彼のそばにいたくて、最近、彼と釣り合う女性になれるように、マナー教室に通い始めた。立ち居振る舞いやテーブルマナーから、ビジネスマナーなども学べる教室だ。

（湊人さんの隣で堂々と胸を張れるようになったら、私との将来を考えてくれるかなぁ……）

そんな思いを巡らせながら一階に下りて、寒い外に足を踏み出した。湊人が来るまでに頬の熱を冷まそうと思ったのに、駐車場にはもう彼のＳＵＶが駐まっていた。

彩音を見つけて、湊人が運転席から降りてくる。

「今日も一日お疲れさま」

彩音は彼に会えた嬉しさで小走りになった。

「湊人さんもお疲れさまです。迎えに来てくれてありがとうございます」

「彩音に早く会いたかったからな」

湊人が助手席のドアを開けてくれた。

「寒いんだろう。頬が赤くなってる。早く乗って」

頬が赤い理由はほかにあるのだが、彩音は「ありがとうございます」と礼を言って助手席に乗り込んだ。車内はエアコンが効いていて温かく、彩音はホッと息を吐く。

「もう寒くないか？」

運転席に座った湊人が彩音を見た。

「あ、はい」

「まだ頬が赤いぞ？」

「大丈夫です」

湊人が彩音の頬に軽く触れた。けれど、彼の手のほうが冷たい。

「熱があるのか？」

湊人が心配そうな表情になり、彩音はあわてて首を横に振った。

「いえ、これは、オフィスを出る前に父に湊人さんのことを言われて、それで……」

「なんて言われたんだ？」

湊人がわずかに眉を寄せ、彩音は目を逸《そ》らしながら答える。

「か、神山副社長によろしくって」

「ほかには？」

「え？」

チラリと視線を向けた瞬間、湊人が体を寄せて、助手席の肩に左肘をのせた。頬杖《ほおづえ》をつくようにして、彩音に顔を近づける。

「ほかにもなにか言われたんだろう？」

「え、あの、えっと」

湊人の勘のよさに彩音はたじたじとなった。

「俺との付き合いを反対された？」

「ま、まさか！」

問いかけるようにまっすぐ見つめられて、彩音はぎこちなく口を動かす。

「あっ、あの、いつでも遊びに来てくれていいって……」

苦し紛れの彩音の言葉を聞いて、湊人は表情を和らげた。

「なるほど。それなら遠慮しなくてもよさそうだな」

「遠慮ですか？」

確かに恋人の親がいる家に遊びに行くのは、気後れしてしまうだろう。

(でも、湊人さんはいつも堂々としてて、お父さんの前でも気にしなさそうだけど)

彩音が首を傾げると、湊人は彼女の頬に軽くキスをした。

「こっちの話。そろそろ出発しよう」

「あ、はい」

湊人が体を起こしたので、彩音はシートベルトを締めた。膝の上にバッグを置いて、そっと中を覗く。小さな紙袋が入っていて、その中に彼へのクリスマスプレゼントが入っているのだ。

(気に入ってくれるといいな……)

初めて好きな人と一緒に過ごすクリスマス。彩音は胸を高鳴らせながら、座席にそっと背をもたせかけた。

到着したスプリーム・ホテル東京ベイのエントランスでは、いつものようにドアマンが恭しく迎えてくれた。そのまま湊人が予約してくれていたフレンチレストランに向かうのだと思っていたが、三階でエレベーターから降ろされた。

このフロアに入っているのは、海外ブランドのアパレルショップやジュエリーショップ、ヘアメイクサロンなどだけで、レストランはない。

「湊人さん、どこに行くんですか？」

腰に湊人の手が回され、彩音は促されて歩きながら彼を見上げた。目が合って、湊人がなにか企《たくら》んでいるようないたずらっぽい笑みを浮かべる。

「今日はクリスマスイヴだから」

「それでいったい……？」

どこに向かうのか、と言いかけたとき、ヘアメイクサロンの前に着いた。

「彩音へのクリスマスプレゼントだ。今日の主役になっておいで」

「えっ」

湊人が彩音の腰を軽く押して、店内へと促す。

（わあ……）

一歩足を踏み入れたそこは、ラグジュアリーホテルのサロンだけあって、洗練された空間だった。

待合室の天井からは品のあるシャンデリアが下がり、ソファなどの調度品は淡い色合いで統一され、清潔感がある。

（あっ、受付カウンターはホワイトオーク材だ！）

ホワイトオーク材はその名のとおり白っぽい色と主張しすぎない木目が美しく、上品な雰囲気のあるカウンターは、サロンの雰囲気によく合っていた。

（わあぁぁ〜）

カウンターを撫でたい衝動に駆られていたら、落ち着いた女性の声に呼びかけられた。

「神山さま、若木さま、お待ちしておりました」

視線をカウンターから引きはがして声が聞こえてきたほうに向けたら、スタイリッシュなネイビーのスーツを着た女性スタッフが穏やかな笑みを浮かべて立っていた。

「今日はよろしくお願いします」

湊人が軽く会釈をし、彩音もあわててお辞儀をする。

「よろしくお願いします」

「こちらこそよろしくお願いいたします。では、若木さま、こちらへどうぞ」

スタッフに促されて、彩音はチラリと湊人を見た。

「任せておけば大丈夫だ」

湊人は安心させるように軽くうなずいた。

きっと彼は、高級レストランの雰囲気に合うようなヘアメイクを頼んでおいてくれたのだろう。

（こんなプレゼントをしてくれるなんて、思ってもみなかった……！）

彩音はプロにヘアメイクをしてもらうという初めての体験に、少し緊張しながらスタッフに続いた。案内された店の奥の部屋は、広いフィッティングルームになっている。

(あれ、ヘアメイクをするんじゃなかったの？)

不思議に思う彩音に、スタッフはハンガーラックにかかっていた黒いシックなカクテルドレスを見せた。

「先にお着替えをお手伝いいたしますね。それからヘアメイクに移らせていただきます」

「え、じゃあ、ドレスまで……？」

彩音は思わずつぶやいた。スタッフは柔らかく微笑む。

「はい、神山さまからです。どうぞこちらへ」

スタッフに手で示されて、彩音はパンプスを脱いでカーペットの床に上がった。

そしてスタッフの手を借りて、というより彼女に促されるまま、スーツを脱いでドレスに着替える。

「鏡でご覧になってください。とてもお似合いですよ」

スタッフに言われて、正面の大きな鏡に全身を映した。

(わぁ……)

ドレスはデコルテがきれいに見えるオフショルダーで、上半身に繊細なレースが重ねられている。ハイウエストから膝下まで滑らかに落ちるデザインが、上品で大人っぽい。足元には、いつの間にかドレスに合うストラップのついたパンプスまで用意されていた。

なんてステキなプレゼントだろう。

感動で胸を熱くする彩音を、スタッフは別の部屋に案内した。そこは、壁の大きな鏡の前にゆったりした椅子が置かれていて、美容室の個室のような造りになっていた。

椅子に座らされた彩音に、今度は別の女性スタッフが近づいてくる。

「次はヘアメイクをさせていただきます」

「よろしくお願いします」

スタッフの手でケープがかけられ、前髪をクリップで留められ、椅子が倒された。

「メイクを落としていきますね」

その言葉とともに、頬と額にトロッとしたクレンジングオイルがのせられた。くるくるとマッサージされるにつれて、肌がほんのりと温かくなる。

(んー、気持ちいい)

最初の緊張はどこへやら、柔らかな手の動きに心と体から力が抜けていく。

メイクがクレンジングオイルになじむと、スタッフはコットンで丁寧に拭き取った。続いて湯気の立つ蒸しタオルで肌を拭い、化粧水と美容液、乳液などで肌を整えた後、背もたれを戻した。

普段よりふっくらとみずみずしくなった肌に、プロの手で丁寧にメイクが施されていく。

「次はヘアアレンジに移りますね」

スタッフはホットカーラーを使って、彩音のまっすぐな髪を緩くカールさせた。そして見事な手際でアップスタイルにアレンジする。

「いかがでしょうか？」

スタッフがケープを外し、彩音は鏡に映る自分の顔を見て、思わず感嘆の声をこぼした。

「わぁ……」

ふんわりとしたアップスタイルは上品な華やかさがある。眉はきれいなアーチを描き、肌なじみのいいアイシャドウはパール入りで、グッと印象的な目元になっている。透明感のある赤い唇はぽってりしていて艶やかで、色気すら感じさせた。

「自分じゃないみたいです……こんなにきれいになれるなんて、とても嬉しいです。ありがとうございます」

彩音の礼の言葉に、スタッフはにこやかに微笑んだ。

「お気に召していただけて嬉しいです。では、神山さまをお呼びしますね」

「あ、はい」

彩音が椅子から降りたとき、スタッフが湊人を連れて戻ってきた。彼はいつの間にか、黒のシャドーストライプのスリーピースに着替えていた。白いシャツにボルドーのネクタイが、男らしい色気を漂わせている。

（わあ、湊人さん、すごくかっこいい……）

普段以上に色気を感じさせる湊人に、彩音の鼓動が大きく跳ねた。

「彩音、とてもきれいだ」

湊人が彩音に歩み寄り、彩音は照れながら答える。

「あ、ありがとうございます。湊人さんもすごくステキです」

「ありがとう」

湊人が嬉しそうに目を細めた。その笑顔にドキドキしながら、今度はプレゼントの礼を言う。

「あの、ステキなプレゼントを本当にありがとうございます。湊人さんとの特別な一日を、こんなふうにとびきりの自分になって過ごせるなんて、夢みたいです」

彩音は感謝と感動で胸を熱くしながら湊人を見上げた。彼はふっと微笑んで言う。

「プレゼントはそれで全部じゃないよ」

「えっ？」

湊人が振り向くと、彼の背後に控えるように立っていたスタッフが、黒いベルベットの張られたトレイを差し出した。そこには大粒のダイヤモンドが輝くプラチナのネックレスとピアスが置かれている。

そのあまりの美しさに、彩音は思わず目を見開いた。湊人は少し首を傾げて彩音を見る。

「俺がつけてあげてもいい？」

「は、はい」

彩音はどうにか声を出してうなずいた。

湊人は彩音に近づき、ネックレスを首にかけて留め具を留めた。優しい手つきで耳たぶに触れて、ピアスをつける。

「思ったとおり、よく似合ってる。ほら」

湊人が視線で鏡を示し、彩音はつられたように顔を動かした。頭の先から爪先まで、プロの手で輝かせてもらった今の彩音に、美しいダイヤモンドが上品な華やかさを添えている。

「本当に……ありがとうございます」

彩音は胸がいっぱいで目の奥がじぃんとしてきた。けれど、せっかくのメイクが崩れないように、瞬きをして懸命に涙を散らした。

すらりとした長身にスタイリッシュなスリーピースが似合う湊人。その彼の隣で、彩音は背筋をしゃんと伸ばす。

「最高にお似合いの二人だな」

湊人は満足げに笑って、紳士がレディをエスコートするように手を差し出した。

「それじゃ、行こう。デートはこれからだ」

「はい！」

彩音はそっと彼の手に自分の手を重ねた。胸が高鳴って、自然と顔がほころぶ。

「ありがとうございました。いってらっしゃいませ」

スタッフの声に送られて、彩音は湊人と一緒にエレベーターホールに向かった。

彼が予約してくれていたレストランは最上階にあった。

案内された個室は、湊人の部屋とは少し違う角度から、レインボーブリッジが見える。室内は夜景が楽しめるように照明が控えめで、落ち着いたＢＧＭが流れていた。

給仕されたコース料理も、絶品だった。

美しく盛られたアミューズに、旬の新鮮な食材を使ったオードブル。ほうれん草のソースが添えられたオマール海老《えび》は、身がプリプリしていて甘みがある。国産黒毛和牛のステーキは、口の中で柔らかくとろけていく。

おいしい料理をおいしいワインと一緒に大好きな人と味わう。

このうえなく幸せな時間だ。

デザートのフルーツタルトとコーヒーが運ばれてきた後、彩音は足元のカゴに置いていたバッグを開け、シックな紺色の包装紙で包まれた小さな箱を取り出した。

「あの、湊人さん、私からもプレゼントがあるんです」

彩音はおずおずと箱を差し出した。

「嬉しいな。ありがとう」

湊人が言葉どおり顔をほころばせて、プレゼントを受け取った。

「開けてもいい？」

「はい」

彼が包装紙を開けるのを、彩音はドキドキしながら見守る。

大好きな人に初めて贈るクリスマスプレゼント。なにがいいかわからず、雑誌やネットの特集で調べたり、兄にそれとなく訊いてみたり、美優に相談したり……と悩みに悩んで選んだのだけど……。

(湊人さん、気に入ってくれるかな)

包装紙を外した湊人が、白い箱のふたを持ち上げた。中には黒いベルベットの小箱が入っている。それを開けると、プラチナのカフスボタンが現れた。小さなダイヤモンドがあしらわれていて、シンプルながら洗練されたデザインのものだ。

「彩音が選んでくれたの？」

湊人が嬉しそうな表情で彩音を見た。

「はい」

「ありがとう。すごく気に入った。今つけてもいいかな？」

「もちろんです」

湊人はカフスを取り上げて、慣れた手つきでワイシャツの袖につけはじめた。それを見ながら、彩音は口の中でもごもごと言う。

「えっと、湊人さんはこういうの、もうたくさん持ってるかなって思ったんですけど、セレモニーとかパーティに出席する機会も多そうだから、使ってくれたら嬉しいです……」

「使うに決まってる！　というか、毎日これを使うよ」

湊人は言うなり立ち上がって、椅子に座ったままの彩音をギュウッと抱きしめた。

「ま、毎日だなんて。ずっと同じものでもダメでしょう？」

「俺が気に入ったんだから、構わないだろ？」

「湊人さんが気に入ってくれたのなら、私は嬉しいですけど……」

彼は腕を解いてカーペットに片膝をついた。

「彩音にも毎日つけて欲しいものがあるんだ」

湊人はポケットから黒いベルベットの小箱を取り出し、ふたを開けて彩音のほうに向けた。そこには、まばゆく輝くプラチナのリングが入っていた。センターの大粒のダイヤモンドをたくさんのメレダイヤが取り囲んでいて、まるでブーケのようだ。

「湊人さん……」

あまりにも豪華で美しいリングを前にして、彼の名前をつぶやいたきり、言葉が出てこない。

「彩音は気づいてないかもしれないが、君はこのリングよりもずっとずっと美しく輝いている。君の輝きが二度と曇らないよう守るから、一生俺のそばにいてほしい」

彩音は嬉し涙で声を震わせながら、どうにか言葉を紡ぐ。

「湊人さんのほうが輝いています。そんな湊人さんに堂々と並べるよう、これからも自分を磨いていきますから、ずっとそばにいさせてください」

湊人は少し困ったような笑みを浮かべた。

「今でさえ心配なのに、君がこれ以上輝いたら、ほかの男が放っておかないだろうな」

「そ、そんなことないです」

「そうならないように、毎日これをつけておいてくれ」

湊人は箱から指輪を抜き取り、箱をテーブルに置いた。彩音の左手を取って、薬指に指輪をはめる。

指輪はそこにあるのが当然というように、彩音の指で輝きを増した。

「彩音を心から愛してる」

湊人が言って、彩音の手の甲に口づけた。しっかりと押しつけられた彼の唇から、揺るぎない想いが伝わってくる。

「私も湊人さんを愛してます。誰よりもなによりも」

彩音も心をこめて、揺るがぬ気持ちを言葉にした。

「ありがとう。二人で一緒に幸せになろう」

湊人が彩音の両手をギュッと握った。

「はい」

彩音を見つめる湊人の瞳は、少し潤んでキラキラと輝いていた。その目に映る自分の顔も輝いて見える。

互いのきらめきに吸い寄せられるように顔を近づけ、そっと唇を重ねる。触れ合った部分から伝わる温《ぬく》もりが、永遠の幸せの予感となって、全身を包み込んでいった。

あとがき

初めましての方も、お久しぶりの方も、こんにちは！

このたびは『一夜限りのはずが、怜悧なホテル御曹司が甘く淫らに外堀を埋めてきます』をお読みくださいまして、ありがとうございました！

過去の失恋のトラウマゆえに、一夜限りと決めて好きな人と体を重ねたヒロイン。そんな彼女をどうにかして手に入れようと、怜悧なホテル御曹司が甘く淫らに外堀を埋めてきます（タイトル通り（笑）！）。

一途にヒロインを想っているのに、イケメンすぎる外見と、甘すぎるセリフ（ヒロインに対してだけなのに！）のせいで、本気だと受け取ってもらえないちょっと不憫なヒーローですが、めげません。あの手この手で押して引いて、ぐいぐい行きますよ。

仕事には一直線なのに恋愛では脱線しまくるヒロインと、そんな彼女が好きすぎて策を弄するヒーローとの、ちょっと焦れったい恋のお話です。普段より溺愛ましまし（ひらび比）でお届けしました二人の物語。お楽しみいただけましたなら幸いです。

本作のイラストは、森原八鹿《もりはらようか》先生が描いてくださいました。キュートなヒロイン彩音と、彩音しか見えていないヒーロー湊人のとってもステキなイラストです。湊人みたいなイケメンにこんなふうに迫られたら、外堀なんて埋められなくても秒で恋に落ちます。あ、でもやっぱり外堀埋められたい。むふふ……（妄想中）。

最後になりましたが（妄想から戻ってきました）、本作の出版にあたってご尽力いただきましたすべての方々に、心よりお礼を申し上げます。

そして本作をお手に取ってくださった読者の皆様、本当にありがとうございます。読んでくださる皆様の存在が、作品を書く一番のエネルギーです。

最後までお付き合いくださいまして、本当にありがとうございました。またいつかお目にかかれますように！

ひらび久美《くみ》

ルネッタ🄻ブックス

一夜限りのはずが、怜悧なホテル御曹司が甘く淫らに外堀を埋めてきます

2025年4月25日　第１刷発行　定価はカバーに表示してあります

著　者　ひらび久美　©KUMI HIRABI 2025

発行人　鈴木幸辰
発行所　株式会社ハーパーコリンズ・ジャパン
東京都千代田区大手町 1-5-1
04-2951-2000（注文）
0570-008091　（読者サービス係）

印刷・製本　中央精版印刷株式会社

Printed in Japan ©K.K.HarperCollins Japan 2025
ISBN978-4-596-72622-3

乱丁・落丁の本が万一ございましたら、購入された書店名を明記のうえ、小社読者サービス係宛にお送りください。送料小社負担にてお取り替えいたします。但し、古書店で購入したものについてはお取り替えできません。なお、文書、デザイン等も含めた本書の一部あるいは全部を無断で複写複製することは禁じられています。

※この作品はフィクションであり、実在の人物・団体・事件等とは関係ありません。

Lunetta